Ne vous fâchez pas, Imogène !

Collection de romans d'aventures
créée par Albert Pigasse

www.lemasque.com

Exbrayat

Ne vous fâchez pas, Imogène !

ÉDITIONS DU MASQUE
17, rue Jacob 75006 Paris

ISBN : 978-2-7024-3490-1

1

Imogène McCarthery — que son caractère et sa chevelure carotte faisaient surnommer « the red bull[1] » par ses compagnes de bureau — entrait d'un pas assuré dans la cinquantaine. Elle devait son énergie indomptable à la passion qu'elle nourrissait pour son pays natal, l'Ecosse — ce qui lui permettait de mépriser hautement ses collègues anglaises — et à la dévotion dont elle entourait la mémoire d'un père qui, jusqu'à sa mort, avait considéré sa fille comme une domestique dévouée et non rétribuée.

Le capitaine Henry-James-Herbert McCarthery s'était marié sur le tard. Appartenant à l'armée des Indes, il ne revenait que tous les deux ans en Ecosse et pendant ses congés il se montrait trop occupé à pêcher dans le loch Vennachar pour se soucier de se mettre en quête d'une épouse. Il ne s'y décida que lorsqu'il eut ressenti les premières atteintes de la goutte qui lui aigrirent le caractère en même temps qu'elles le faisaient aspirer à la douceur d'un « home » où on le dorloterait. Attirée par la perspective de la demi-retraite dont elle consolerait son veuvage, une certaine Phyllis Oughton avait accepté d'unir son sort à celui du militaire sur son déclin. Mais le hasard déjoua les plans de cette pauvre Phyllis morte en mettant sa fille au monde. Lorsque l'événement se produisit, Henry-James-Herbert se trouvait du côté de Lahore et il en voulut à la dispa-

1. Le taureau rouge.

rue de ce qu'il tenait pour un abus de confiance. Le nouveau-né, prénommé Imogène — Dieu seul sait pourquoi — fut confié à ses grands-parents qui demeuraient en ce bourg de Callander, perle du comté de Perth, dans les Highlands. La mort presque simultanée du père et de la mère de Phyllis coïncida avec un accès de mauvaise humeur du capitaine McCarthery, qui donna sa démission parce qu'on parlait de supprimer le kilt aux soldats de son régiment de fusiliers écossais. De retour à Callander, l'officier en retraite s'installa dans la petite maison de famille à la limite nord de la ville, sur la route de Killin. Imogène ayant atteint sa quinzième année, son père décida de parachever lui-même son éducation. Pour ce, il lui enseigna qu'Adam devait être écossais, car les Ecossais constituaient le peuple le plus intelligent de la terre et le plus aimé de Dieu. Une fois ce principe bien ancré dans l'esprit de la petite, le capitaine lui affirma que, parmi les Ecossais, les habitants des Highlands formaient une classe privilégiée à laquelle ils avaient tous deux la chance d'appartenir. Leurs compatriotes vivant dans les Lowlands et les Borders étaient, certes, de bons et dignes compagnons, mais enfin il leur manquait et leur manquerait toujours cette touche de génie que le plus humble Ecossais des Hautes-Terres apporte en naissant. Quant aux Anglais, ils composaient un agrégat d'individus peu intéressants et qui ne devaient qu'à leur nombre d'avoir pris la tête du Royaume-Uni. Henry-James-Herbert tenait les Gallois pour une peuplade n'ayant pas encore atteint complètement le stade de civilisation où étaient parvenus — non sans effort — les Anglais, tandis que les Irlandais se cantonnaient au plus bas de l'échelle des valeurs britanniques. Au-delà, il y avait la mer et, derrière la mer, le monde des sauvages, quelle que soit la couleur de leur peau. Pour la fillette, ces sauvages se divisaient en tribus dont Paris, Madrid, Bruxelles, Rome se révélaient les centres principaux. Arrivé au bout de cet enseignement élémentaire de vérités premières, le père d'Imogène usa les heures qu'il ne consacrait pas à la pêche ou à boire du whisky avec ses amis, à instruire son héritière dans l'histoire des clans écossais, la rendant fière de descendre des McGregor grâce au célèbre Rob Roy, qui exerçait son activité dans les Trossachs, près de Callander, lequel aurait eu des bontés pour une aïeule des McCarthery. Cependant, comme le retraité nourrissait l'intention d'écrire ses mémoires, il toléra qu'Imogène apprît la dactylographie et la sténographie à seule fin de lui servir de secrétaire quand il se sentirait en état de dicter les premières lignes d'un ouvrage qui couvrirait l'Angleterre de confusion. Heureusement pour la paix intérieure du Royaume-Uni, Henry-James-Herbert mourut d'une cirrhose hépatique avant d'avoir trouvé le titre de son livre vengeur, et sa fille se retrouva, la trentaine venue, pratiquement sans ressources, l'égoïsme paternel ayant écarté les prétendants possibles à la main de la jeune fille. Tous ceux qui se présentaient ayant été rabroués parce que n'appartenant point à un clan digne des McGregor, les amoureux se lassèrent très vite de courtiser cette grande fille aux cheveux rouges que l'auteur de ses jours séquestrait plus ou moins. Imogène n'en conservait nulle rancœur au disparu, dont elle vénérait le souvenir, ayant hérité de lui sa passion orgueilleuse pour l'Ecosse et les McGregor. C'est même tout ce dont elle avait hérité avec la vieille maison de famille dont la bruyère envahissait le jardin depuis longtemps négligé.

Mais le ciel, donnant une nouvelle preuve de son estime particulière à l'égard des McCarthery, avait fait en sorte qu'Imogène découvrît une annonce du *Times* prévenant les intéressées qu'un concours pour l'emploi de dames sténodactylographes allait s'ouvrir à Londres afin de pourvoir à des remplacements dans le personnel administratif de l'amirauté. Réunissant ses économies, miss McCarthery était partie pour la capitale, avait triomphé de ses concurrentes anglaises et débuté dans une carrière stable qui lui permettrait de se retirer un jour à Callander, où elle ne manquait pas de venir passer son congé estival. Cet événement remontait à une vingtaine d'années et, depuis, Imogène, appréciée de ses chefs pour son sérieux et son ardeur au travail, s'était vue mutée à l'Intelligence Department de l'Amirauté, ce qui lui permettait — en toute innocence ou presque — de laisser croire aux habitants de Callander qu'elle appartenait à l'Intelligence Service. Elle y gagna une considération certaine, du fait même que personne ne savait exactement de quoi il s'agissait.

Depuis son arrivée à Londres, Imogène n'avait jamais quitté son petit appartement de Paulton's Street, dans Chelsea, dont elle payait régulièrement le loyer à Mrs Margaret Horner, sa propriétaire. Eté comme hiver, miss McCarthery se levait à 6 heures. Son premier soin, en sautant du lit, était de se rendre à la fenêtre et de jeter un coup d'œil dans la rue en soulevant discrètement le rideau de tulle. Le plus souvent, il pleuvait, ce qui permettait à Imogène de hausser les épaules en affirmant avec mépris :

— Sale temps digne de ce sale pays !

Elle oubliait, avec la plus sincère mauvaise foi, que le temps en Ecosse était généralement pire. Sa robe de chambre enfilée, après s'être lavé les dents et peignée — à seule fin de ne point paraître devant lui dans une tenue négligée — Imogène allait souhaiter le bonjour à son père dont la photographie en tenue de capitaine de l'armée des Indes souriait de ce sourire un peu niais que le whisky donne à ceux qui en abusent. Mais pour sa fille, ce sourire renfermait tout l'esprit des Highlands et de ses yeux légèrement globuleux lui paraissait rayonner un regard énergique.

— Bonjour, daddy... Votre petite Imogène est toujours en exil, mais une heure viendra où vous et moi regagnerons le vieux pays pour y vivre en paix parmi les nôtres !

En vérité, ce n'était là qu'un artifice de langage, car Imogène savait très bien, d'une part, que l'heure de sa retraite sonnerait dans une dizaine d'années et donc qu'elle pouvait, à l'avance, fixer le terme de ce qu'elle appelait son exil et, d'autre part, que son papa était demeuré à Callander, où il reposait dans le petit cimetière à côté de son épouse Phyllis, en compagnie des parents de celle-ci et de ses propres parents. Mais, pour une fille des Highlands, la réalité n'a aucun intérêt si on ne la travestit pas un peu. Après cette salutation rituelle à son père, Imogène se plantait fermement devant une gravure depuis toujours dans sa famille et qui représentait Robert Bruce dans les collines proches de Gatehouse-of-Fleet, composant au milieu de la tempête sa chanson : *L'Appel de Robert Bruce à son armée avant Bannockburn*, qui devait devenir l'hymne national écossais. Face au portrait du héros de l'Indépendance, miss McCarthery ne disait rien. Elle se contentait de fixer Robert Bruce et cela suffisait pour que le sang coulât plus vite dans ses veines et qu'elle sentît une douce chaleur se répandre dans tout son être, tandis que ses muscles se nouaient comme pour se préparer à d'imminentes batailles. Suivant un cérémonial quotidien, Imogène se débarrassait de sa robe de chambre et, en soutien-gorge et slip, s'examinait d'un œil critique dans la glace ornant la porte de l'armoire. Il n'y avait là nul soupçon de coquetterie, mais simplement une mesure de contrôle pour se rendre compte si la forme se maintenait au cas où le combat reprendrait.

L'image que lui renvoyait la glace était celle d'une grande femme de cinq pieds dix pouces, bien bâtie, d'allure un peu masculine et dont la peau avait cette blancheur caractéristique des rousses. Et pour être rousse, Imogène l'était ! Les plus aimables disaient qu'elle avait une chevelure de flamme, les autres affirmaient simplement que ses cheveux montraient la couleur de la carotte au printemps. N'ayant pas repéré le moindre bourrelet disgracieux, la plus légère apparition d'une graisse superflue, elle se livrait avec entrain à sa culture physique matinale qui lui conservait une force peu commune parmi les gens de son sexe et qu'elle ne parvenait pas toujours à contrôler, d'où ce surnom de « red bull » donné par ses compagnes de travail. Sa toilette terminée, elle déjeunait d'une solide assiette de porridge qu'elle faisait glisser avec deux tasses de thé. Ses vêtements ne lui donnaient guère de soucis, car elle demeurait fidèle au tailleur de tweed sombre orné d'une écharpe aux couleurs du tartan des McGregor. L'été, elle se résignait à sortir en chemisier, mais elle s'arrangeait toujours pour que fussent rappelés les carreaux aux teintes immuables. Miss McCarthery se refusait à toute abdication. La demie de 7 heures sonnait lorsqu'elle refermait derrière elle la porte de son appartement dont elle avait fait le ménage avec une telle impétuosité que plus personne, après cet exploit quotidien, ne pouvait retrouver le sommeil dans les logements voisins. Au début, les autres locataires s'étaient indignés et Mrs Horner avait adressé d'inutiles remontrances à Imogène. A la longue, la résignation remplaça les mauvaises humeurs et, depuis des années, ceux qui habitaient au-dessous, au-dessus ou à côté de miss McCarthery n'utilisaient plus de réveil, certains d'être tirés de leur sommeil à heure fixe — sauf le dimanche et pendant l'époque bénie où Imogène prenait son congé annuel — par le vacarme qui venait de l'appartement de l'Ecossaise aux cheveux rouges.

Mrs Horner mettait une sorte de point d'honneur à balayer le devant de sa porte au moment où miss McCarthery sortait. Depuis 1950, les deux femmes ne s'adressaient pratiquement plus la parole, alors que pendant plus de dix ans elles avaient été des intimes, Imogène ayant même invité sa propriétaire dans sa petite maison de Callander en 1939, où les deux amies vécurent côte à côte les derniers jours de la paix. Tout craqua par suite d'une réflexion malheureuse de Mrs Horner à l'époque de la bataille de Dunkerque alors que l'Angleterre tout entière redoutait une tentative de débarquement de la Wehrmacht. Un matin où elle commentait les nouvelles du jour en présence de quelques-uns de ses locataires parmi lesquels Imogène sur le moment de prendre le chemin de son bureau, elle se risqua à dire que, à son avis, il se pourrait bien que la flotte d'invasion allemande jouât un drôle de tour à Mr Churchill en s'en allant débarquer en Ecosse. La perspective plongea l'auditoire de la propriétaire dans un silence méditatif que troua la voix d'Imogène :

— Et pourquoi, Mrs Horner, les Allemands

auraient-ils l'idée saugrenue de débarquer en Ecosse ?

Tout entière la proie du démon de la stratégie, la propriétaire ne prêta pas attention à la vibration de mauvais augure qui, par instants, fêlait le timbre des paroles de miss McCarthery et, de plus, elle était choquée qu'on puisse, en public, qualifier de saugrenues des idées qu'elle exposait. Aussi, ce fut avec sécheresse qu'elle répondit :

— Parce que, ainsi miss McCarthery, ils prendraient toute l'armée britannique à revers et, profitant de la surprise tout autant que du désarroi de la population, ils auraient une sacrée chance de s'approcher de Londres.

Les auditeurs de ce conflit tactique devinèrent ou mieux sentirent la brusque tension entre les deux femmes. Ils se firent plus attentifs.

— Et qu'est-ce qui vous permet de penser, Mrs Horner, que les soldats d'Hitler débarqueraient plus facilement sur les côtes d'Ecosse que sur les côtes anglaises ?

Le problème était aussi nettement posé et les colocataires donnèrent intérieurement raison à Imogène qui les rassurait. La propriétaire réalisa sa gaffe. Le bon sens lui conseillait de faire amende honorable, mais parce qu'il y avait du public, elle voulut avoir le dernier mot et n'hésita point à se montrer de mauvaise foi. Elle émit un ricanement des plus insolents avant de dire :

— Je ne vois pas trop ce qui pourrait les arrêter.

Il y eut un silence où l'on entendit distinctement miss McCarthery prendre une large inspiration et tous ceux qui la connaissaient surent que c'était là le prélude à un orage d'une belle violence. Il éclata presque aussitôt :

— Eh bien ! je vais vous l'apprendre, moi, ce qui les arrêterait, vos Allemands ! (Ce « vos » fut jugé, par la suite, comme particulièrement injurieux à l'égard de Mrs Horner que l'emploi de cet adjectif possessif rangeait, d'un seul coup, dans le camp des ennemis du Royaume-Uni.) Les Ecossais, ma chère ! tout simplement, les Ecossais qui ont déjà prouvé qu'ils savaient se battre et se faire tuer pour protéger les Anglais ! Et si vous voulez mon avis, l'état-major allemand a depuis longtemps compris que sa seule chance de mettre le pied en Angleterre était de s'attaquer directement aux Anglais ! Et permettez-moi de vous confier que, s'il y avait eu un peu plus d'Ecossais à Dunkerque, l'armée n'aurait sans doute pas eu à rembarquer !

La colère avait poussé Imogène trop loin et tous les assistants s'estimèrent insultés par cette appréciation péjorative portée sur les soldats de Sa Majesté. Il y eut des murmures et Mrs Horner en profita pour reprendre l'avantage :

— C'est bien d'une fille comme vous d'insulter ceux qui donnèrent leur vie pour sauver notre liberté ! (On nota avec satisfaction l'emploi du mot « fille », qui faisait dégringoler miss McCarthery dans l'échelle sociale.)

Mais Imogène en était au point où l'on dit n'importe quoi pour tenter de sauver la face et elle ne craignit pas de remarquer :

— Notre liberté ne serait pas en péril si vous n'aviez pas installé des usurpateurs sur le trône d'Angleterre !

Outrée, l'assistance se rangea aux côtés de Mrs Horner et miss McCarthery dut battre en retraite sous les huées. Dès lors, Imogène vécut dans une solitude complète, les autres habitants de la maison évitant de lui parler et négligeant même de la saluer quand, d'aventure, ils la rencontraient dans l'escalier. Certains essayèrent d'insinuer qu'elle pourrait bien être une espionne, mais on la connaissait depuis trop longtemps pour que cette calomnie pût faire carrière. Mrs Horner elle-même refusa d'y ajouter foi. Pendant le blitz, miss McCarthery marqua des points, car, si la plupart de ses colocataires quittèrent Londres, elle resta dans son appartement, déclarant à ceux qui, lui conseillaient de se retirer pour quelques mois dans son Ecosse natale :

— Je ne vois pas pourquoi une Ecossaise se sauverait tant qu'il restera une Anglaise à Londres !

Mrs Horner avait des parents du côté de Stratford-on-Avon et elle les eût volontiers rejoints, mais l'orgueil l'empêcha de partir tant que son ennemie demeurerait sur place. C'est ainsi que les deux femmes, s'espionnant mutuellement, vécurent sous les bombes et furent citées en exemple par tout le quartier. La victoire enfin venue, les locataires réintégrèrent leurs appartements et se réconcilièrent avec l'Ecossaise. On tenta de rabibocher Mrs Horner et miss McCarthery. Elles consentirent tout juste à se saluer. Le temps sans doute eût fini par effacer les griefs si, en 1950, l'affaire de l'enlèvement de la Pierre du Couronnement dans l'abbaye de Westminster par des nationalistes écossais n'avait remis le feu aux poudres. Imogène ne se gêna pas pour déclarer que ses compatriotes n'avaient fait que reprendre leur bien, que les voleurs se comptaient parmi les poursuivants et non parmi les poursuivis. Un soir, un inspecteur de police vint trouver miss McCarthery et la pria de le suivre. Elle partit sous le regard ironique de son ennemie, qui se permit de regretter à haute voix qu'on ne lui ait pas passé les menottes. Au commissariat, Imogène apprit que ses propos concernant les ravisseurs avaient été rapportés à la police et qu'on exigeait d'elle des explications. Elle les donna avec sa fougue habituelle et la situation aurait pu empirer très vite si un coup de téléphone de l'Amirauté n'avait remis les choses au point. Miss McCarthery rentra chez elle la tête haute, mais sachant d'où venait le coup, elle ne daigna même plus honorer sa propriétaire d'un regard et lui envoya désormais le montant de son loyer par la poste.

Imogène n'avait pas oublié les leçons de son père et tenait la marche comme le plus salutaire des exercices pour quelqu'un soucieux de sa santé. Aussi, tous les matins, quel que fût le temps, elle gagnait son bureau de l'Amirauté à pied, couvrant ainsi près de six kilomètres de son grand pas qui eût découragé n'importe quel suiveur. Elle remontait Kings Road, s'efforçant de respirer à fond l'air matinal et forçant son allure au fur et à mesure que ses muscles s'échauffaient. Elle ne reprenait haleine qu'à Sloane Square, où elle avait accoutumé d'acheter le *Times* à un aveugle qui, depuis vingt ans, se tenait à la même place ; puis, par Hobart Place, Grosvenor Gardens, elle gagnait Victoria Street qu'elle suivait jusqu'à l'abbaye de Westminster où elle ne manquait jamais d'entrer. Elle traversait la nef dans toute sa longueur, inclinait à droite pour passer entre les chapelles latérales et le chœur pour atteindre la chapelle d'Henri VII et aller s'agenouiller quelques instants devant la statue gisante de Marie, reine d'Ecosse, à qui elle demandait la patience et le courage nécessaires pour vivre encore une journée parmi les Anglais. Rassérénée par cet exercice tout à la fois pieux et nationaliste, Imogène se décidait, par Parliament Street et Whitehall, à rejoindre l'Amirauté.

Miss McCarthery ne s'intéressait guère au sport qu'autant que les Ecossais y étaient mêlés et, dès que commençait le tournoi des Cinq Nations, elle installait sur son bureau un vase d'où émergeaient de jolis chardons bleutés, ce qui faisait dire à l'une de ses plus solides adversaires qu'à voir Imogène on ne s'étonnait plus que l'Ecosse ait le chardon pour emblème. Miss McCarthery avait pour habitude, en entrant dans le bureau, d'adresser un salut collectif à ses compagnes et, tout de suite, se plongeait dans son travail, ce qui ne cessait d'irriter les autres, obligées d'en faire autant, alors qu'elles eussent volontiers passé encore un certain temps à se raconter comment elles avaient employé leur soirée. Ce matin-là, les choses se gâtèrent très vite, car à peine ces dames s'étaient-elles mises à taper sur leur machine que Janice Lewis annonça qu'avec la permission d'Aneurin Archtaft, leur chef de bureau (et ici, il y eut des sourires, car chacune savait qu'Archtaft était du dernier bien avec miss Lewis), elle allait demander à ses compagnes de bien vouloir apporter leur contribution au cadeau que les employées de l'Amirauté se proposaient d'envoyer à Sa Gracieuse Majesté à l'occasion de l'anniversaire de la princesse Anne. On approuva hautement l'initiative de Janice et chacune ouvrit son sac pour y prendre son obole, chacune sauf miss McCarthery qui n'interrompit pas son travail. Lorsque miss Lewis s'adressa à elle, on fit silence :

— Et vous, Imogène, ne donnerez-vous rien pour notre petite princesse ?

Sans lever les yeux, miss McCarthery répliqua sèchement :

— Le traitement généreux que m'accorde Sa Gracieuse Majesté pour huit heures de travail par jour ne me permet pas de gaspiller mon argent en cadeau à des souverains étrangers !

Janice, qui connaissait bien le caractère de sa collègue, joua le jeu pour la grande joie des autres :

— Est-ce Sa Majesté Elisabeth II que vous traitez d'étrangère, Imogène ?

— Ignoreriez-vous, miss Lewis, que sa famille vient du continent ? Au surplus, je ne vois pas pourquoi vous l'appelez Elisabeth II alors qu'il n'y a jamais eu d'Elisabeth Ire ?

— Comment ? Mais, et la grande Elisabeth ?

— Je ne connais pas, à moins que vous fassiez allusion à cette abominable garce qui non seulement dépouilla Marie Stuart, mais encore l'assassina ? Moi, je vous le dis, Janice Lewis, il fallait des Anglais pour oser porter sur le trône une pareille créature qui demeure la honte de l'histoire de l'Angleterre.

Le scénario auquel Imogène se laissait prendre à chaque fois était bien réglé. Le bureau entier poussait des cris scandalisés qui avaient pour effet de faire jaillir Aneurin Archtaft de son bureau, demandant :

— Eh bien ! Mesdames, qu'est-ce qu'il se passe ?

Il s'en trouvait alors toujours quelqu'une pour révéler que miss McCarthery avait insulté la famille royale, Sa Majesté la Reine et l'Angleterre. Aneurin Archtaft, natif de Milord, dans le Pays de Galles, se montrait absolument imperméable à l'humour et, de plus, colérique. Travailleur acharné, il devait son poste à une application de tous les instants et considérait comme un manquement grave à l'honneur de son devoir de fonctionnaire tout ce qui le distrayait de sa tâche. Parce qu'elle semait le trouble parmi ses compagnes et, de ce fait, nuisait à leur rendement, Archtaft détestait Imogène, dont il eût bien voulu se débarrasser. Un dossier incomplet l'ayant rendu de mauvaise humeur, il entendit passer celle-ci sur sa vieille adversaire. Il se dirigea d'un pas décidé vers l'Ecossaise :

— Qu'avez-vous à dire, miss McCarthery ?

— Que je vous serais obligée de me laisser travailler, monsieur Archtaft. Au cas où vous l'ignoreriez, je vous apprends que le gouvernement me paie pour une certaine tâche qui ne consiste pas, comme vous semblez le croire, à faire des discours.

Des rires fusèrent et Archtaft passa un doigt entre son col et son cou, comme si le premier, s'étant brusquement rétréci, l'étranglait.

— Miss McCarthery, j'en ai assez !

— Je ne vous retiens pas, monsieur le chef de bureau !

— Miss McCarthery, je ne tolérerai pas plus longtemps que vous manquiez à votre devoir !

A son tour Imogène prit la mouche et se dressant, furieuse, cria :

— Est-ce que vous vous imagineriez, par hasard, que c'est à un Gallois à demi sauvage de m'indiquer ce qu'est mon devoir ?

Archtaft ne valait rien pour ce genre de joute oratoire. Il ferma les yeux pour murmurer un appel à Dieu, lui demandant de lui donner la force de se contenir pour ne pas frapper son employée. D'une voix crispée, il murmura :

— Miss McCarthery, vous avez de la chance de ne pas être un homme !

— Quand je vous regarde, monsieur Archtaft, j'en suis convaincue !

Janice attendait, malicieusement, que l'atmosphère en fût arrivée à son point extrême de tension pour intervenir. Elle s'approchait de miss McCarthery et, lui prenant affectueusement le bras, lui lançait cette prière qu'on entendait à longueur de journée dans ce bureau des services administratifs de l'Amirauté :

— Ne vous fâchez pas, Imogène !

Puis, se tournant vers le chef de bureau, elle disait avec un sourire :

— Je crois qu'il ne s'agit que d'un simple malentendu, Mr Archtaft.

16

Aneurin, qui rêvait de faire de Janice sa femme, n'osait pas insister et réintégrait son bureau en grommelant des menaces. Janice regagnait sa place et tout rentrait dans l'ordre pour un instant, car il était impossible que le calme régnât bien longtemps là où se trouvait l'Ecossaise.

Moins d'une heure après cet incident, le téléphone intérieur sonna. Le chef de service priait miss McCarthery de bien vouloir venir dans son bureau. Toutes ses compagnes regardèrent Imogène avec chagrin. La plaisanterie aurait-elle été poussée trop loin ? Consciente d'être l'objet de l'attention générale, l'Ecossaise plastronna et, avant de sortir, lança à l'adresse de Janice Lewis :

— Ce doit être un coup de ce sale Gallois !

John Masburry était réputé dans tous les bureaux de l'Amirauté pour son élégance. Passé par Oxford, il en avait rapporté cette distinction inimitable qui fait vibrer les cœurs de toutes les Anglaises aspirant à être reçues un jour — et ne fût-ce que pour un seul jour — dans la « high society ». A la tête du service où sévissait Imogène, John Masburry donnait toute satisfaction et se savait remarquablement noté. Même ceux qui ne prisaient guère la morgue perçant sous son affabilité prédisaient qu'il parviendrait au plus haut échelon et qu'il ne serait pas étonnant qu'il remplaçât un jour sir David Woolish, le, grand patron. Miss McCarthery faisait partie de ceux qui n'aimaient point John Masburry. Elle lui reprochait d'être né à Londres de parents londoniens, ensuite de considérer le personnel en son entier — et elle-même en particulier — avec une condescendance méprisante qui faisait bouillir son sang d'Ecossaise. Toujours courtois et glacé, John Masburry se leva lorsque Imogène pénétra dans son bureau.

— Veuillez vous asseoir, miss McCarthery... Miss McCarthery, je viens d'avoir un entretien téléphonique avec Mr Archtaft, qui s'est plaint que vous lui ayez manqué de respect.

— Mr Archtaft est gallois...

— Qu'il soit gallois n'a rien à voir dans l'affaire. Je vous serais très obligé de répondre à ma question.

Imogène commençait à s'énerver sérieusement :

— Nous nous sommes disputés.

— Miss McCarthery, il n'y a pas de dispute possible entre un chef de bureau et une simple employée. J'aimerais que vous vous en convainquiez.

— Ce n'est pas parce que je suis une simple employée, comme vous avez la bonté de me le rappeler, que je tolérerai qu'on me parle sur un ton qui ne me convient pas.

— Vous vous prenez sans doute pour quelqu'un de très important, voire d'indispensable ?

— Je ne pense pas qu'il y ait dans cette maison quelqu'un d'indispensable, Mr Masburry.

— Je reconnais là votre bon sens écossais.

— Il est dommage que les Anglais en soient dépourvus.

Mr Masburry resta un instant sans voix, puis, très doucement, il dit :

— Vous seriez bien inspirée, miss McCarthery, de me présenter immédiatement vos excuses...

— Je regrette, monsieur, mais ce n'est pas dans mes habitudes.

— Je pense que je vous ferai modifier vos habitudes !

— Permettez-moi d'en douter.

— Je vous prie de sortir, miss McCarthery.

— Avec plaisir, monsieur Masburry.

Sitôt l'Ecossaise sortie, Mr Masburry appela la secrétaire du grand patron pour lui demander si David Woolish pouvait le recevoir.

Sir David Woolish était un homme d'une soixantaine d'années qui n'avait pratiquement aucun contact avec le personnel administratif de l'Intelligence Department mais qui, néanmoins, savait à peu près tout de ceux et de celles qui le composaient. A la différence de John Masburry, il se montrait d'une affabilité souriante qui le faisait aimer de tous les gens qui l'approchaient, mais ses intimes disaient que sous son sourire se dissimulait une volonté de fer que rien ne rebutait jamais. Goûtant l'humour, rien ne lui plaisait plus que de scandaliser le très correct John Masburry. Quand ce dernier se présenta à lui, il prit les choses très familièrement :

— Quelque chose de grave, John ?

— Pas tellement, sir, mais comme il s'agit d'une employée qui est depuis longtemps dans la maison, j'ai voulu vous en parler pour que vous preniez vous-même la décision de la renvoyer ou, du moins, de la mettre à pied pendant un certain temps.

— Oh ! Oh ! de qui s'agit-il ?

— De miss McCarthery.

— N'est-ce point cette grande Ecossaise à cheveux rouges ?

— Exactement.

— Je la croyais bien notée ?

— En ce qui concerne son travail, il n'y a absolument rien à lui reprocher, mais son caractère...

Et John Masburry rapporta à sir David Woolish les deux algarades qui venaient de mettre aux prises Imogène avec Archtaft et avec lui-même.

— ... C'est absolument insensé ! Cette fille se figure que parce qu'elle est écossaise, elle a tous les droits et elle ne cache pas son mépris pour les Anglais et les Gallois !

Woolish eut du mal à retenir un sourire.

— Ça m'a l'air, en effet, d'être un pittoresque personnage, votre miss McCarthery.

— Trop pittoresque, à mon goût ! L'autorité de Mr Archtaft et la mienne sont en danger !

— N'exagérez quand même pas, John. Vous allez me faire envoyer le dossier de cette pétulante personne et vous y joindrez un rapport sur les faits que vous venez de me raconter. Nous la mettrons au pas, cette Ecossaise flamboyante !

Imogène se força à arborer un sourire triomphant lorsqu'elle réapparut au milieu de ses compagnes, mais au fond d'elle-même, sachant à quoi s'en tenir, elle se demandait avec inquiétude ce qui allait se passer. Personne ne s'avisant de lui poser la question, elle regagna sa place et se remit rageusement au travail. Elle ne sortit de son mutisme que lorsqu'elle entendit Olympe Faright prier Nancy Nankett de lui taper une circulaire en quadruple exemplaire avant midi, alors que Nancy protestait, disant que Janice Lewis et Phyllis Steward lui avaient déjà donné des travaux supplémentaires. Olympe commençant à parler très durement à Nancy, Imogène ne put se contenir plus longtemps.

— Vous ne vous prendriez pas, vous aussi, pour un chef de bureau, Olympe Faright ? Je vous avertis, dans ce cas, que nous en avons assez d'un ! Laissez Nancy tranquille et faites donc vous-même la tâche pour laquelle vous êtes payée !

Olympe, une grosse fille que son célibat sans espoir rendait perpétuellement morose, regimba :

— Et de quoi vous mêlez-vous, Imogène McCarthery, je vous en prie ? En quoi est-ce que mes histoires avec Nancy Nankett vous regardent ?

— En ce que tant que je serai ici, je ne laisserai pas des Anglaises brimer une Ecossaise !

Le ton se mit à monter très vite et ce fut Nancy, une jolie blonde un peu frêle et qui suscitait la pitié avec son air de chien perdu, qui ramena le calme en suppliant sa protectrice :

— Ne vous fâchez pas, Imogène !

A la vérité, Nancy, qui avait pris place parmi ces dames depuis un an, n'était pas une Ecossaise pur sang, puisque seule sa mère pouvait se réclamer du vieux pays, mais elle était née à Melrose, où repose le cœur de Robert Bruce. Cela suffisait pour qu'elle ait droit à la protection de miss McCarthery.

Aneurin Archtaft détendit nettement l'atmosphère dans l'après-midi de ce même jour en venant demander à ces dames de bien vouloir fixer les dates de leur congé estival après entente entre elles. Imogène étant la plus ancienne avait droit à la priorité, mais on savait d'avance les dates qu'elle choisirait car elles ne changeaient pas depuis vingt ans. Parler des vacances les faisait savourer en rêve et il se trouvait toujours quelqu'une pour prier Imogène de leur confier ce qu'elle prévoyait pour employer son congé. Miss McCarthery n'ignorait pas qu'on entendait se moquer gentiment d'elle, mais elle prenait elle-même un trop grand plaisir à exposer son emploi du temps pour ne point céder à la requête qu'on lui adressait :

— Eh bien ! comme chaque année, je me rendrai d'abord à Alloway où est né le plus grand poète du Royaume-Uni, Robert Burns, et, si Dieu le veut, je prendrai part à quelques « Burns Suppers » où l'on récitera des vers, où des gens cultivés nous parleront du génie disparu...

Phyllis Steward l'interrompit malicieusement :

— Tout en buvant du whisky !

— Parfaitement, miss, en buvant du vrai whisky, celui que vous autres Anglais n'avez jamais été capables de copier ! Puis, je gagnerai Dumfermline pour me recueillir sur les tombeaux de sept de nos rois et de Robert Bruce. Enfin, avant d'aller me reposer chez moi à Callander, je m'arrêterai à Braemar pour assister aux Highlands Games et regarder balancer le caber.

Cette fois, ce fut Mary Bleazer qui intervint.

— Le château de Balmoral est tout proche ?

— Oui, oui, nous recevons beaucoup d'étrangers à cette occasion.

Chaque fois qu'elle avait des ennuis, Imogène mangeait bien car elle estimait qu'il fallait être en pleine forme pour résister aux vicissitudes de l'existence. Supposant que son altercation avec John Masburry risquait d'amener de sérieuses complications, elle décida d'occuper sa soirée à préparer un haggis, ce plat écossais que l'on prépare avec du foie, du cœur, de la farine d'avoine et des oignons, arrosant le tout de whisky qui tient lieu de sauce.

Il était près de minuit lorsque Imogène en eut terminé avec sa cuisine, mais, avant de se mettre au lit, elle fuma une cigarette en écoutant un disque des bagpipers des Scotch Guards. En passant devant la photographie de son père, elle lui cligna de l'œil en murmurant :

— Vous avez vu, daddy, comment je les ai traités, ces Anglais, aujourd'hui ?

2

Au lendemain de cette journée pleine d'incidents, Imogène McCarthery se serait avouée plutôt déprimée si ce n'avait été le 24 juin, et pas un Ecossais au monde n'accepterait de croire à une défaite ou à un échec possible le 24 juin. Miss McCarthery se leva donc ce matin-là avec la même énergie que tous les autres matins de l'année et, en plus, une confiance revenue dans son droit et son succès final sur Aneurin Archtaft et John Masburry. Après avoir pris son thé, elle dérogea à ses habitudes en se taillant une belle tranche de haggis qui l'étouffa un peu, à vrai dire, mais qu'elle réussit à faire glisser grâce à un petit coup de scotch qui, loin de lui troubler l'entendement, l'emplit d'une ardeur lui faisant souhaiter le combat. Devant la porte de l'immeuble, elle passa avec une telle hauteur devant Mrs Horner que celle-ci en blêmit de rage et qu'elle ne put s'empêcher de dire à Mrs Lloyd qui revenait de chercher des biscottes ?

— Non, mais regardez-la ! Elle se prend pour sa Marie Stuart, ma parole ! Ah ! on voit bien que nous sommes le 24 juin. Heureusement que cela ne revient qu'une fois par an !

Pendant ce temps, sans se préoccuper des Mrs Horner et autres Mrs Lloyd, Imogène avançait dans Kings Road avec cette allure altière propre à ceux qui ont conscience de faire partie d'une classe privilégiée de l'humanité. Elle donna une demi-couronne de pourboire au marchand de journaux aveugle de Sloane Square en lui souhaitant une belle et bonne journée. Entrée dans l'abbaye de Westminster, elle alla déposer un bouquet sur le tombeau de la reine Marie d'Ecosse, un bouquet qu'elle avait composé aux couleurs de son tartan, puis gagna dans le transept sud le coin des poètes pour se recueillir devant l'effigie de Robert Burns et regretter, une fois de plus, qu'on lui ait donné pour voisines d'immortalité ces incroyables sœurs Brontë qui, aux yeux d'Imogène, passaient pour des personnes pas très fréquentables même dans un autre monde. Enfin, ultime étape de ce pèlerinage annuel, miss McCarthery pénétra dans la chapelle d'Edouard le Confesseur pour s'agenouiller un instant devant le fauteuil du Couronnement qui repose sur la « pierre de Scone » volée aux Ecossais par Edouard Ier en 1297 et qui avait valu des ennuis à Imogène en 1950.

A seule fin d'observer un rite que même la perspective d'un renvoi immédiat ne lui eût pas fait transgresser, miss McCarthery flâna dans Whitehall pour arriver avec un quart d'heure de retard au bureau. Ses compagnes, depuis longtemps au courant, ne lui posaient jamais de question sur une inexactitude traditionnelle, mais Aneurin Archtaft ne pouvait pas admettre cette insouciance méprisante à l'égard des règlements qu'il était chargé d'appliquer. En gagnant sa place, Imogène le trouva sur son chemin qui, sa montre à la main, l'attendait :

— Miss McCarthery, il est 9 heures 15 !

— Vraiment ?

— Vraiment ! Miss McCarthery, ignoreriez-vous, par hasard, ou ne vous souviendriez-vous plus que vous devez être ici à 9 heures ?

— En vingt ans, j'ai eu le temps de l'apprendre, monsieur Archtaft.

— Auriez-vous la bonté de me confier la raison de votre retard ?

— Nous sommes le 24 juin.

— En quoi est-ce que cette date vous autorise à ne pas tenir compte de l'horaire ?

— Mr Archtaft, si vous n'étiez un Gallois à demi inculte, vous sauriez que, le 24 juin 1314, Robert Bruce écrasa les Anglais à Bannockburn, assurant ainsi l'indépendance de l'Ecosse !

— Et alors ?

— Et alors, Mr Archtaft, ce ne serait vraiment pas la peine que Robert Bruce ait flanqué une correction aux Anglais pour qu'une Ecossaise soit obligée, le 24 juin, de se plier à des règlements esclavagistes inventés par ces mêmes Anglais ! Sur ce, je vous serais obligée de me laisser travailler.

— Miss McCarthery, ça ne se passera pas comme ça et vous aurez bientôt de mes nouvelles !

— J'ai le regret de vous dire qu'elles ne m'intéressent pas.

Etouffant de rage, le Gallois regagna son bureau dont il fit claquer la porte derrière lui.

Lorsqu'elle annonçait qu'elle allait travailler, Imogène mentait car, considérant le 24 juin comme une sorte de congé, elle ne faisait pratiquement rien de la journée, passant son temps à lire un roman de Walter Scott et ne sortant de sa lecture que pour distraire ses camarades en leur récitant des poèmes de Robert Burns dont elle avait appris par cœur des centaines de vers. Elle pouvait se permettre d'agir ainsi car elle savait que la complicité de ses compagnes de travail lui était acquise, complicité qui ne se révélait pas gratuite. Le 10 avril, en effet, ces dernières prenaient leur revanche. Chaque année, ce jour-là, Imogène arrivait au bureau portant un crêpe de deuil sur son tailleur. Ne saluant personne, elle s'installait à sa table où on ne l'entendait dire mot de la journée. Elle acceptait sans regimber toutes les tâches supplémentaires que les autres se faisaient un malin plaisir de lui infliger. Le 10 avril, miss McCarthery se considérait comme la plus malheureuse des femmes de tout le Royaume-Uni car trois siècles plus tôt, à Culloden, Charles-Edouard, « Bonnie Prince Charlie », ayant été battu par le duc de Cumberland, l'Ecosse avait perdu son indépendance. Les camarades d'Imogène le lui rappelaient cruellement.

Cependant, il était dit que ce 24 juin réserverait bien des surprises à Imogène. Elle déclamait un poème de Burns lorsque Mr Archtaft réapparut. Souriant, sûr de lui, il lança à la cantonade :

— Miss McCarthery, si vous voulez bien me permettre d'interrompre votre récital, j'aurais le plaisir de vous annoncer que sir David Woolish serait très heureux — si ce n'est pas trop vous demander — que vous lui fassiez l'honneur d'une visite et ce, immédiatement.

Le grand patron ! Une brise glaciale souffla sur le bureau et Imogène elle-même perdit pied. Elle pâlit, rougit, balbutia une vague réponse, ce qui remplit d'aise Mr Archtaft qui crut bon de parachever sa victoire :

— Bien que ce soit le 24 juin, miss McCarthery, puis-je faire savoir à sir David Woolish qu'une Ecossaise accepte d'obéir à un Anglais ou dois-je lui apprendre qu'en souvenir de Bannockburn vous remettez à plus tard le soin de répondre à sa convocation ?

— J'y vais... j'y vais...

— Sir David Woolish a dit : immédiatement, miss McCarthery. Veuillez me pardonner de vous le souligner.

Sur ce, satisfait de lui, Mr Archtaft réintégra ce qu'Imogène appelait sa tanière. Sitôt le chef de bureau disparu, les commentaires allèrent leur train. Pour tout le monde — y compris l'intéressée — il ne faisait pas de doute que miss McCarthery, à la suite de ses querelles avec Archtaft et Masburry, s'entendrait signifier son congé et déjà on la regrettait. Nancy Nankett vint l'embrasser, et lui souffla dans l'oreille :

— Courage, Imogène ! Si l'on vous renvoie, nous ferons une démarche collective auprès de sir David Woolish...

Cette marque d'affection rendit sa fermeté d'âme à miss McCarthery. Il ne serait pas dit qu'un 24 juin elle offrirait le spectacle de son désarroi à des Anglaises, même animées des meilleures intentions du monde à son égard, et si elle devait quitter l'Amirauté, ce ne serait pas sans dire son fait à David Woolish qui, après tout, n'était qu'un Anglais en dépit de ses hautes fonctions. Avant de sortir, elle mit ses affaires en ordre pour n'avoir qu'à les prendre au cas où il lui faudrait partir sans délai ; puis, cambrant la taille, elle remarqua à haute voix :

— Sir David Woolish doit être plongé dans quelque difficulté dont il estime que seule une Ecossaise peut le tirer ! Je vais à son secours !

Mais ces dames et demoiselles étaient trop émues pour songer à rire de cette dernière boutade et lorsque l'Ecossaise eut quitté la pièce, Janice Lewis résuma l'opinion générale en déclarant :

— C'est une chic fille et, si on la met à la porte à cause d'Archtaft, je n'adresserai plus la parole de ma vie à ce monsieur !

On savait que Janice avait de la volonté et l'avis unanime — quoique non exprimé — fut que le chef de bureau venait, sans s'en douter, de perdre toute chance de faire sa femme de miss Lewis.

Lorsqu'elle se retrouva seule dans le hall où débouchait le grand escalier menant au bureau de sir David Woolish, Imogène sentit fondre sa superbe. Quoi qu'elle en ait dit, elle n'ignorait pas qu'elle serait paralysée en face du grand patron auquel elle n'avait jamais encore adressé la parole. Et puis qu'aurait-elle à répondre ? Elle s'était rendue coupable d'indiscipline et il était logique qu'on l'en blâmât, qu'on l'en punît. Elle espérait que le châtiment n'irait pas jusqu'au renvoi pur et simple. Ce fut en tremblant quelque peu qu'elle se présenta à la secrétaire de sir David Woolish qui la reçut avec affabilité.

— Ah ! Miss McCarthery ! Sir David Woolish vous attend, en effet. Je vais l'avertir de votre présence.

Imogène n'osa pas s'asseoir. Presque tout de suite, la secrétaire revint.

— Si vous voulez me suivre, miss McCarthery ?

L'Ecossaise pensa à Marie Stuart qu'on conduisait à l'échafaud et qui fit preuve de tant de fermeté. Ce noble exemple la ragaillardit et ce fut presque d'un pas décidé qu'elle pénétra dans le bureau du grand patron.

— Je suis heureux de vous voir, miss Mc-Carthery... Prenez place, je vous prie.

Sidérée, Imogène s'assit, ne comprenant plus très bien ce qui lui arrivait.

— Je sais beaucoup de choses sur votre compte, miss McCarthery...

« Nous y voilà », pensa Imogène.

— ... Et, notamment, que vous êtes née à Callander, dans cet adorable comté de Perth, que monsieur votre père était officier au service de Sa Majesté et que vous êtes très fière d'être écossaise. Je vous approuve.

Imogène comprenait de moins en moins.

— Mais tout le monde ne peut être écossais, miss McCarthery, et vous ne pouvez en vouloir à ceux qui n'ont pas eu cette chance. Messrs Masburry et Archtaft n'ont pas demandé à naître en Angleterre ou au Pays de Galles et je suis persuadé que s'ils avaient eu le choix... et moi-même... mais il y a des événements sur lesquels il est impossible de revenir, n'est-ce pas ?

Imogène se demanda si par hasard sir David Woolish n'était pas en train de se moquer d'elle.

— Mr Masburry m'a longuement parlé de vous. Il m'a même adressé un rapport à votre sujet. S'il rend hommage à vos qualités professionnelles, il n'est pas aussi satisfait de... comment dirais-je ? de votre caractère. Il paraît que la discipline vous pèse, surtout quand ce n'est pas un Ecossais qui a pour mission de la faire respecter. Il faut nous pardonner, miss McCarthery, mais l'Amirauté ne saurait employer que des Ecossais sous peine d'être taxée de parti pris avec tout ce que cela comporterait de complications.

Maintenant, Imogène, certaine que son interlocuteur la raillait cruellement, en avait les larmes aux yeux.

— Cependant, parce que je respecte particulièrement les Ecossais, parce que Monsieur votre père était un homme de devoir qui se battit pour la Couronne, j'ai confiance en vous et c'est pourquoi, miss McCarthery, je vous ai priée de venir car j'ai besoin de votre aide.

La bouche ouverte, ne réalisant pas si elle avait bien entendu, Imogène ne pipa mot.

— Ce n'est pas seulement moi, miss McCarthery, mais le Royaume-Uni tout entier qui demande à l'Ecosse — en votre personne — de venir à sa rescousse. Sa Gracieuse Majesté est encore très jeune, miss McCarthery, et nous devons faire tous nos efforts pour l'aider à assumer de très lourdes charges. C'est bien votre avis ?

— Oui... Oui, bien sûr, sir...

— J'étais certain de pouvoir compter sur votre compréhension. Au surplus, la reine mère est écossaise... Savez-vous, miss McCarthery, que je me félicite de ne pas avoir écouté Mr Masburry ni pris son rapport au tragique ? Il y a quelquefois des incompatibilités d'humeur... Je verrai, si cela se révèle nécessaire, à vous changer de service à votre retour.

— A mon retour ? Je... je suis renvoyée pour... pour un temps ?

— Non pas, miss, vous n'êtes pas renvoyée, mais envoyée en mission extraordinaire et... secrète.

Imogène crut tout de bon qu'elle rêvait.

— Je suis à la tête de l'Intelligence Department, miss McCarthery, et l'essentiel de ma tâche est de diriger nos agents et de lutter contre l'espionnage... Si vous l'acceptez, je vais, pour une semaine, vous prendre parmi ceux en qui j'ai particulièrement confiance.

Le cœur d'Imogène battait à grands coups. En un éclair chantèrent dans sa mémoire tous les livres qu'elle avait lus et où les auteurs traitaient des luttes sans merci entre agents des services secrets ; elle se redressa en songeant aux belles espionnes.

— Sir, je suis prête à mourir pour la Couronne !

— Je ne vous en demande pas tant, Dieu merci !

Il sortit de son tiroir une large enveloppe qui portait la suscription T-34 et la montra à Imogène.

— Il s'agit de porter ces documents, qui sont les plans du nouvel avion à réaction, le Campbell 777, à un de mes amis qui doit les étudier sur place, dans le plus grand secret, et nous dire le temps qu'il estime nécessaire pour mettre au point le premier prototype.

Désappointée, Imogène ne put s'empêcher de murmurer :

— Ce n'est que ça ?

— Je crains que vous ne réalisiez pas encore complètement les difficultés de votre tâche, miss... Ces plans sont convoités par bien des puissances étrangères et il se pourrait qu'on tentât de vous les voler... et pour ne rien vous dissimuler... qu'on vous soumît à des mesures... brutales.

— Je n'ai jamais eu peur de ma vie !

Elle faillit ajouter : « Sauf, tout à l'heure, au moment d'entrer dans votre bureau. »

— J'en suis convaincu et c'est la raison pour laquelle je crois que vous êtes tout à fait la personne qu'il me faut. Vous porterez donc ce pli et le remettrez en main propre à sir Henry Wardlaw, qui habite...

Le grand patron suspendit sa phrase pour mieux jouir de l'effet de sa surprise :

— ... à Callander.

— Chez moi !

— Chez vous, miss McCarthery. Il a loué pour trois mois une petite maison : *The Moors*.

— Je la connais !

— Tout est donc pour le mieux. Vous partirez demain soir par le train qui quitte Londres à 19 heures. Je vous souhaite bonne chance, miss McCarthery.

— Merci, monsieur...

— Naturellement, demain, vous resterez chez vous pour préparer votre valise. Je vous ferai porter les documents à domicile. Il est préférable, pour votre sauvegarde, qu'ils soient le plus tard possible en votre possession. Au revoir, miss McCarthery.

Lorsque miss Lewis vit entrer Imogène, elle songea immédiatement — et sans savoir pourquoi — au tableau qu'elle avait admiré dans une église française et qui représentait l'accueil des habitants d'Orléans à Jeanne d'Arc, leur libératrice. Miss McCarthery ne paraissait pas marcher, mais glisser à quelques centimètres du sol, comme soulevée par quelque exaltation intérieure. Son changement d'attitude était si frappant que toutes ses compagnes s'en aperçurent et que Nancy ne put s'empêcher de lui demander :

— Alors, Imogène, ça n'a pas été trop grave ?

Miss McCarthery eut ce rire cinglant des triomphateurs imposant leur volonté et se contenta de répondre (mais en prenant un air qui en disait long) :

— Sir David et moi, nous nous sommes parfaitement entendus.

Elles en furent un peu démontées et Phyllis Steward, aigre-douce, s'enquit :

— Vous aurait-il invitée à dîner ?

— Non, miss Steward, non, il ne m'a pas invitée à dîner. Il a simplement tenu à me dire combien il appréciait mon travail et m'a priée de bien vouloir me charger d'une tâche... particulière.

L'attaque fusa du côté de Mary Blazer.

— Le grand patron n'aurait-il plus de secrétaire ?

— Si, miss Blazer, sir David a toujours sa secrétaire, mais il y a des... enfin, des travaux qu'on ne peut confier à de simples secrétaires !

— Mais qu'on peut vous confier, à vous ? susurra Olympe Faright.

— Parfaitement, miss Faright, qu'on peut me confier à moi, ne vous en déplaise !

— Je vous assure qu'il m'est tout à fait égal que vous fassiez des heures supplémentaires ! Pourquoi riez-vous, miss McCarthery ?

— Parce que, ma chère, si vous deviniez de quoi il est question, votre remarque sur les heures supplémentaires vous apparaîtrait pour ce qu'elle est... mesquine et ridicule !

Miss Faright prit très mal cette appréciation et ces dames commencèrent à se quereller de si bruyante façon qu'une fois de plus, Aneurin Archtaft dut venir rétablir l'ordre.

— Ah ! ça m'aurait étonné si vous n'aviez été là, miss McCarthery ! Il suffit que vous reveniez dans ce bureau pour que ce soit immédiatement la foire !

— Vous ne pourriez pas prendre un autre ton pour vous adresser à moi, monsieur Archtaft ?

— Comment ?

— A qui croyez-vous donc parler ?

— Je parle à une damnée Ecossaise dont je commence à avoir par-dessus la tête !

— Je vous conseille vivement d'adopter une autre attitude à mon égard, damné Gallois, qui ne comprend rien, qui se croit tout alors qu'il n'a même pas la confiance de ses supérieurs !

Un instant, Archtaft crut qu'il allait tomber, frappé de congestion, tant la colère lui serrait la gorge et lui paralysait le cerveau. Il tenta un effort désespéré pour reprendre la situation en main.

— Qu'est-ce que vous dites ? Qu'est-ce que vous avez osé dire ?

— La vérité !

— Alors, d'après vous, je ne jouis pas de la confiance de mes supérieurs ?

— C'est ma conviction, monsieur Archtaft, et je dois ajouter que je partage entièrement la défiance de vos chefs !

— Miss McCarthery, vous rendez-vous compte que vous m'insultez ?

— Prenez-le comme vous voudrez, mais laissez-moi vous faire remarquer une chose : ce n'est pas à vous que sir David Woolish confierait une mission secrète !

— Parce qu'à vous, il en a confié une ?

— Ça se pourrait !

Il y eut un silence où l'on entendit distinctement le bruit léger de la pendule grignotant les secondes. Changeant brusquement de ton, le chef de bureau conseilla doucement :

— Miss McCarthery, que penseriez-vous d'aller voir le médecin à sa permanence du rez-de-chaussée ?

— Le médecin ? Pour quoi faire ?

— Pour vous faire examiner, ma chère. Je crois que vous faites une sorte de délire mégalomaniaque...

— Vous vous estimez spirituel, sans doute ? Il est vrai que dans votre pays de demi-civilisés on n'est guère difficile ! Mais vous risquez de regretter ce que vous venez de me dire, monsieur Archtaft, si vous apprenez, un jour, et un jour très proche, que je suis morte pour la Couronne !

— Au cours d'une mission dangereuse, sans doute ?

— Et pourquoi pas !

— Miss McCarthery, en attendant de mourir glorieusement pour Sa Gracieuse Majesté, vous ferez bien de vous remettre à cet humble travail de bureau, très indigne de vos qualités j'en conviens, mais pour lequel vous êtes payée. Ce n'est pas trop vous demander, au moins ?

Imogène s'assit devant sa machine à écrire tout en exprimant à haute voix son opinion quant aux pertes sévères que le Royaume-Uni avait subies pendant la guerre et dont on n'appréciait les tristes conséquences que maintenant, en constatant que des incapables occupaient des postes pour lesquels ils n'étaient pas faits.

En quittant le bureau où travaillait son équipe, Aneurin Archtaft se rendit directement chez John Masburry pour lui rendre compte de ce qui venait de se passer et lui confier ses inquiétudes au sujet de l'état mental de miss McCarthery. John Masburry fut tellement troublé par ces révélations qu'il se précipita chez sir David Woolish, un peu surpris de cette intrusion antiprotocolaire.

— Eh bien ! John, que se passe-t-il ?

— C'est toujours miss McCarthery, monsieur !

— Mais elle sort d'ici et, ma foi, je l'ai trouvée fort sympathique !

— Permettez-moi de vous dire, monsieur, que si vous l'aviez directement sous vos ordres, vous changeriez rapidement d'avis ! Mais, pour vous confier le fond de ma pensée, je crois — avec Mr Archtaft — que miss McCarthery souffre d'un dérangement cérébral.

— Oh ! oh !

— D'abord son exaltation ordinaire n'est pas naturelle ! Sa passion pour l'Ecosse, son mépris pour les autres Anglais relèvent de l'idée fixe et voilà que maintenant elle se pavane en déclarant à qui veut l'entendre que vous l'avez chargée d'une mission spéciale où elle risque sa vie !

— Et c'est la vérité, John...

— Pardon ?

— Miss McCarthery a été chargée par mes soins de porter à sir Henry Wardlaw, qui se repose à Callander, les plans du moteur du Campbell 777 afin qu'il nous donne son opinion au plus tôt.

— Mais... mais... monsieur, le Campbell 777 c'est... c'est ultra-secret !

— Ce n'est pas à moi que vous allez l'apprendre, John...

— Et vous... vous le confiez à Imogène McCarthery ?

— Je crois qu'elle sera à la hauteur de sa tâche.

— Mais, monsieur, n'avez-vous pas prêté attention à ce que je vous ai rapporté ? Cette folle se promène en révélant à tout le monde la mission dont vous l'avez chargée ?

— Vous l'avez crue ?

— Non, mais puisque vous...

Le grand patron l'interrompit :

— Archtaft l'a-t-il crue ?

— Ni ses compagnes de travail, j'imagine ?

— Evidemment pas !

— Dans ce cas, John, mon plan me semble devoir parfaitement réussir. Puisque ceux qui connaissent miss McCarthery ne peuvent admettre qu'elle exprime la vérité en parlant de la mission que je lui ai confiée, pourquoi voulez-vous que les agents étrangers qui s'intéressent beaucoup au Campbell 777 aient une autre opinion que la vôtre et celle de tous ceux qui approchent notre Ecossaise ? Rassurez-vous, John, je suis persuadé que les plans arriveront beaucoup plus sûrement à sir Wardlaw par l'intermédiaire de miss McCarthery que par le truchement du meilleur de nos agents dont le déplacement donnerait l'alerte. Laissez Imogène bavarder comme une pie et de votre côté, dites à Archtaft que tout ce que raconte l'Ecossaise relève de la fable et que nous avons décidé, vous et moi, de la mettre en observation dans une clinique pendant quelques jours.

— Bien, monsieur... mais je me permets de vous dire que je ne partage pas votre confiance.

— Rassurez-vous, John, vous verrez que tout ira bien.

Miss McCarthery passa une soirée merveilleuse à préparer sa valise. Il lui semblait vivre une de ces extraordinaires aventures qui la bouleversaient quand elle la voyait se dérouler sur l'écran. Avant de se coucher, elle fit une station plus longue que de coutume devant la photographie de son père et termina sa méditation en demandant :

— Je pense que vous m'approuvez, daddy ? On ne peut pas laisser ces Anglais se débrouiller seuls ; ils en sont incapables.

Quant au portrait de Robert Bruce, il lui parut

plus familier, plus proche d'elle. Imogène était entrée dans le clan des héros.

Le lendemain, sitôt qu'Imogène eut repris pied dans la réalité, elle sacrifia à son habitude quotidienne en allant soulever le rideau pour inspecter le ciel, mais, cette fois, elle examina également la rue et fut quelque peu déçue de n'y point apercevoir une ou deux silhouettes furtives se dissimulant sous un porche. Il fallait que le climat héroïque qu'elle se forgeait depuis la veille s'appuyât sur quelque chose de tangible. Dépitée de constater que l'ennemi ne paraissait pas s'intéresser à elle, elle se rasséréna en songeant que les espions ne sont pas des gens qui ont pour manie de se faire remarquer. Dorénavant, elle devrait se méfier de tous et de chacun. Les apparences les plus ordinaires, les plus familières même pouvaient dissimuler des adversaires sans pitié. Miss McCarthery, avant de passer dans la salle de bains, se promit d'ouvrir l'œil et le bon.

En vue de déjouer un piège possible, Imogène résolut de rester enfermée chez elle et de n'en sortir qu'au moment de gagner la gare. Vers la fin de la matinée, comme miss McCarthery traversait sa petite entrée pour y prendre le manteau qu'elle voulait repasser, il lui parut qu'on marchait à pas précautionneux sur le palier. N'écoutant que son courage, elle ouvrit brusquement la porte et se trouva devant un étrange individu, assez grand, mais gras, avec des yeux bleus légèrement saillants et d'incroyables moustaches qui lui firent penser à un phoque. Le bonhomme eut l'air surpris devant l'apparition de l'Ecossaise qui l'attaqua aussitôt :

— Vous cherchez quelqu'un ?

L'autre parut se troubler, comme pris au dépourvu.

— Oui... Non... Enfin si... Une certaine miss Davidson ?

Imogène eut un ricanement de mépris :

— Il n'y a pas, il n'y a jamais eu de miss Davidson dans cette maison !

— Ah !... Alors, j'ai dû me tromper...

— C'est aussi mon avis !

Et, rentrant chez elle, miss McCarthery ferma sa

porte au nez de l'homme à la moustache de phoque. Ce ne fut que lorsqu'elle se trouva dans sa cuisine où elle préparait une sauce pour manger les restes du haggis confectionné l'avant-veille qu'Imogène réalisa combien elle s'était montrée imprudente. Et si l'homme lui avait sauté à la gorge ? Empoignée par surprise, elle n'aurait pas eu le temps de se défendre. Plus elle y réfléchissait, plus elle se persuadait que la présence de cet individu sur son palier s'affirmait insolite et sa ridicule excuse inventée trop vite ne tenait pas debout ! Elle se jura — et pour sa sauvegarde personnelle et pour la mission dont elle était chargée — d'agir avec un peu moins de spontanéité à l'avenir. Sir David Woolish l'avait avertie qu'on risquait d'attenter à sa vie. A elle de profiter de l'avertissement. Sans tergiverser davantage, miss McCarthery entra dans une sorte de débarras où, d'habitude, elle ne se risquait guère. Dépliant un escabeau, elle l'escalada pour atteindre des caisses auxquelles elle n'avait pas touché depuis son installation à Londres. D'une cantine d'officier, elle sortit un paquet soigneusement ficelé et qu'elle descendit avec de telles précautions qu'on eût pu croire qu'il contenait un objet extrêmement fragile. En vérité, il s'agissait du revolver de son grand-père que ce dernier avait rapporté du Transvaal où il faisait la guerre aux Boers. C'était une arme assez prodigieuse quant à ses dimensions et pesant un poids qui pouvait la transformer utilement en massue. Quant à tirer avec... à moins de posséder un affût ou de lui adjoindre des roues, on ne réalisait pas très bien la puissance musculaire qu'il importait de déployer pour arriver à ce résultat, mais il la fallait vraisemblablement très grande. En fille et petite-fille de soldats, Imogène avait appris de son père (qui trompait son ennui en considérant parfois sa fille comme une recrue qu'il convenait d'instruire) l'art de démonter et de remonter cette pièce de musée. Elle y faisait preuve, jadis, d'une jolie maîtrise. Elle essaya de retrouver les gestes d'autrefois et y parvint très vite. Le revolver soigneusement nettoyé, elle n'hésita pas à ôter le cran d'arrêt afin d'être en état de faire face à n'importe quelle éventualité. Cependant, elle eut un frisson en regardant les projectiles importants que contenait le barillet.

Vers 16 heures, on sonna discrètement à la porte. Elle eut l'intuition que son visiteur ne tenait pas à attirer l'attention des voisins. S'agissait-il d'une seconde tentative de la part de ses adversaires ? Avant d'ouvrir, elle alla jeter un coup d'œil dans la rue pour voir si elle ne repérait point la longue voiture noire traditionnelle où on espérait l'emporter après l'avoir enlevée. Elle ne remarqua rien, mais, prenant son énorme revolver d'une main ferme, elle ouvrit sa porte et se trouva en présence d'un jeune homme ressemblant à un commis de magasin et qui tenait un paquet paraissant venir d'une pâtisserie. A la vue de ce revolver braqué sur lui, le garçon pâlit, rougit, pâlit de nouveau et dut se cramponner à son sens du devoir pour ne pas prendre ses jambes à son cou.

— Mi... Miss... McCarthe... thery ?

— Oui.

Il lui colla le paquet dans les bras et détala à toute vitesse, sans attendre un problématique pourboire. Imogène en fut bien un peu décontenancée mais, en bonne Ecossaise, elle se félicita d'avoir ainsi économisé une pièce de six pence. Avant de l'ouvrir, elle examina minutieusement le colis qu'elle venait de recevoir. Qui donc lui adressait une pâtisserie ? Elle pensa à Nancy Nankett qui s'était montrée si affectueuse à son égard la veille. Elle défit la ficelle et déplia le papier. Elle eut du mal à retenir un cri de surprise : sous une double rangée de gâteaux secs, la fameuse enveloppe que lui avait montrée sir David Woolish apparaissait entre deux cartons. Imogène la prit délicatement et reconnut la marque T-34 portée sur le pli renfermant les plans du Campbell 777. Elle admira l'ingéniosité des services secrets et crut vraiment, à partir de cet instant, à l'aventure qu'elle vivait.

Vers 5 heures, Imogène ne put résister plus longtemps à sa solitude et téléphona à Nancy, encore au bureau, pour lui demander de passer la voir car elle avait des choses graves à lui confier. Lorsque la jeune fille la rejoignit, miss McCarthery lui annonça son départ en s'excusant de ne pouvoir lui en indiquer la raison exacte, ni la destination.

— Qu'il vous suffise de savoir, chère Nancy, que je vais sans doute vers de grands périls...

— De grands périls ?

— N'oubliez pas, ma chère, que nous appartenons à l'Intelligence Department de l'Amirauté !

— Comme humbles sténodactylos...

— Une simple employée peut être brusquement appelée à assumer d'autres responsabilités, Nancy. Comprenez-moi à demi-mot car j'ai promis le secret...

— Imogène, vous m'effrayez !

— Il ne faut pas... mais enfin, au cas où... où je ne reviendrais pas... je voudrais que vous sachiez que je vous laisse tout ce qu'il y a dans cet appartement... Vous en ferez ce que vous voudrez... Je vous recommande, toutefois, le portrait de Robert Bruce...

— Si vous continuez ainsi, Imogène, je vais pleurer et nous serons ridicules ! D'ailleurs, je suis convaincue que vous exagérez et que vous nous reviendrez dans quelques jours de cette mystérieuse mission, en parfaite santé...

— Que Dieu vous entende, ma chère Nancy.

Mais son sourire, tout à la fois douloureux et résigné, trahissait la pensée profonde de celle « qui savait » et, ne pouvant se faire comprendre, se tenait déjà à l'écart du monde. Pendant que miss Nankett préparait le thé, Imogène glissa l'enveloppe au milieu de ses sous-vêtements dans sa valise, mit le revolver dans le sac fourre-tout qui ne quittait point son bras et la photographie de son père dans sa trousse de toilette. A 6 heures, miss McCarthery congédia son amie sur d'ultimes recommandations visant, notamment, sa volonté expresse d'être enterrée à Callander près de son papa. A 6 heures un quart, prête, ses bagages à la main, Imogène jeta un dernier coup d'œil sur le décor où elle vivait depuis si longtemps. Une grosse boule lui obstrua la gorge à l'idée qu'elle le contemplait peut-être pour la dernière fois. Une héroïne a droit aux faiblesses humaines pourvu qu'elle les surmonte. C'est ce que fit Imogène qui, ayant refermé la porte de son logement, s'en alla d'un pas ferme vers son destin.

3

Au moment de franchir le seuil la séparant de la rue, Imogène posa ses bagages à terre et, se collant contre le mur de l'entrée, risqua prudemment un œil au-dehors pour voir si personne ne guettait sa sortie. Mrs Horner, qui la regardait faire à travers la fente de son rideau, en tremblait d'énervement. Si elle n'avait pas été brouillée avec miss McCarthery, elle serait allée lui demander la raison de son étrange comportement. Dévorée de curiosité, elle fut sur le point d'oublier ses griefs à l'encontre de l'Ecossaise à seule fin d'être renseignée ; mais, heureusement pour son amour-propre, sa locataire disparut avant qu'elle ne se fût décidée à une démarche humiliante.

Dans Old Church Street, Imogène arrêta le premier taxi qui passait et commanda au chauffeur de la mener à la gare de Paddington, mais elle le fit en criant si fort que le bonhomme sursauta et crut bon d'assurer à sa cliente qu'il n'était pas sourd. Miss McCarthery haussa les épaules. Elle ne pouvait décemment expliquer qu'elle agissait ainsi pour tromper l'adversaire au cas où il se tiendrait dans son entourage immédiat. Au cours du trajet, elle se retourna plusieurs fois pour essayer de deviner si on la suivait, mais il y avait un tel encombrement de véhicules qu'il s'avérait impossible de distinguer si l'un d'eux s'attachait particulièrement à son taxi. A Paddington, elle se mêla à la foule encombrant le vaste hall et ressortit par une porte latérale pour gagner Hampstead Road d'où un taxi l'emmena à la gare de Victoria. Elle recommença le même manège et, comme le temps lui manquait pour se rendre à Charing Cross, elle se résigna à rejoindre la station d'Euston d'où partait le train d'Edimbourg. Elle fit prendre son billet par un porteur et s'enfonça dans un groupe de touristes pour atteindre le quai sans être remarquée. Elle choisit un wagon situé à peu près au milieu du convoi et, dans ce wagon, le compartiment central où elle prit soin de s'installer sous la poignée de la sonnette d'alarme. Estimant n'avoir rien laissé au hasard, miss McCarthery regarda, à travers la vitre, les voyageurs qui se hâtaient vers le train et elle sentit une bouffée d'orgueil l'enivrer en songeant qu'aucun de ceux-ci ou de celles-là qui passaient ne se doutait qu'elle était l'agent X... de l'Intelligence Department et qu'elle emportait peut-être dans sa valise le sort du monde. Attendrie, Imogène éprouvait une sorte de pitié pour ces compatriotes ignorants et une parfaite admiration envers elle-même, celle-là découlant de celle-ci. L'Ecossaise se perdait dans des rêveries bien agréables lorsqu'elle tressaillit en remarquant une silhouette qui se dissimulait dans la foule des accompagnateurs venus embarquer parents et amis. Il lui semblait qu'elle reconnaissait l'allure de cet homme qui faisait tous ses efforts pour ne pas attirer l'attention. Trop d'efforts et cela aboutissait exactement au résultat contraire. Mais l'individu disparut et Imogène se demanda s'il était monté dans le train. Au fond, tout au fond de son cœur — bien qu'elle ne se le fût avoué pour rien au monde — une ombre légère montait dont elle ne devinait pas la nature, car miss McCarthery n'avait pas encore fait vraiment connaissance avec la peur. Elle souhaitait que son compartiment demeurât vide afin qu'elle s'y puisse étendre sur la banquette pour goûter une nuit moins inconfortable, mais l'idée de rester seule l'effrayait. Pour la Couronne, Imogène se résolut à passer une nuit blanche. Elle dormirait dans la journée du lendemain, lorsqu'elle aurait réintégré sa vieille maison de Callander. Le train allait démarrer quand un étonnant trio surgit sur le quai. Trois hommes empêtrés dans le plus complet et le plus savant des attirails de pêche. Ils eurent juste le temps de grimper dans le wagon qui se présentait en face d'eux — et qui se trouvait être celui de miss McCarthery — et le convoi s'ébranla au moment même où le pied du plus jeune membre de ce sympathique trio quittait le quai. Imogène les entendit venir de loin, dans le couloir où ils riaient et s'exclamaient sur leur chance d'avoir réussi à ne pas manquer le train. Voyant l'Ecossaise seule, le plus âgé des nouveaux venus sollicita la permission de s'installer près d'elle si, toutefois, ils ne la dérangeaient pas. Ils déposèrent leurs bagages dans les filets et demandèrent encore à Imogène si la fumée ne la contrariait pas. Sur sa réponse négative, ils allumèrent des cigarettes et se lancèrent dans une joyeuse conversation où miss McCarthery crut deviner qu'il s'agissait de citadins prenant leurs vacances annuelles. Il lui parut reconnaître dans leurs propos un soupçon d'accent écossais, mais comme elle savait qu'elle avait tendance à découvrir un accent écossais à tous les gens qui se montraient sous un jour sympathique, elle réserva son opinion. On roulait depuis trois quarts d'heure et l'on venait de laisser la gare de Tring lorsque l'aîné de ces messieurs proposa à ses amis de boire un petit coup de scotch. Le plus jeune — qu'Imogène trouvait vraiment beau garçon et qui lui semblait jeter sur elle à la dérobée des regards où elle croyait apercevoir une certaine sympathie — déclara qu'il se réconforterait volontiers, car ces damnés trains anglais lui donnaient toujours mal au cœur. Le monsieur un peu replet qui, par l'âge, devait se situer entre ses deux compagnons, protesta :

— Vous devriez mesurer vos paroles, Allan, car si miss est anglaise, elle pourrait se vexer de votre réflexion !

Aussitôt, celui qu'on appelait Allan se tourna vers la voyageuse en la priant de lui pardonner s'il l'avait involontairement blessée. Mais miss McCarthery se fit une joie de répliquer qu'elle était écossaise et alliée au vieux clan des McGregor. L'aîné de ces messieurs se leva d'un élan et s'adressant à ses amis :

— Debout, messieurs ! car nous ne pouvons nous asseoir devant une McGregor que si elle nous en donne l'autorisation !

Face à ces trois hommes dressés devant elle, Imogène savoura quelques-unes des secondes les plus heureuses de son existence. Voilà des garçons qui savaient vivre ! Si Aneurin Archtaft et John Masburry étaient là, ils prendraient une bonne leçon ! Le plus gracieusement qu'elle le put, elle pria ces messieurs de se rasseoir, mais ils n'en voulurent rien faire avant de s'être présentés. Le plus vieux déclara se nommer Andrew Lyndsay, être natif d'Aberdeen, dans les Highlands, et se trouver en exil à Londres où, depuis quarante ans, il exerçait les fonctions de géomètre expert, puis, montrant le petit gros :

— Voici Gowan Ross, qui a vu le jour dans les Lowlands, à Peebles, et qui, lui aussi, vit à Londres où il est fondé de pouvoir dans la City chez Irham and George. Enfin, Allan Cunningham, notre mauvais sujet, né également dans les Lowlands, à Dumfries, et qui exerce la coupable industrie d'agent théâtral dans Soho.

A son tour, Imogène déclina ses nom et prénom, mais sa vigilance ne se laissant pas endormir, elle affirma tenir l'emploi de secrétaire de rédaction chez Smith et Frazer, export-import, dans Blackfriars.

A Northampton, Imogène buvait du whisky avec ses compagnons qui se félicitaient de voyager aux côtés d'une compatriote et, quand ils surent qu'elle habitait Callander, ils poussèrent des exclamations enthousiastes car c'était justement là qu'ils se rendaient pour pêcher dans le loch Vennachar et dans le loch Katrine. Pour sa part, Allan Cunningham se faisait une fête de vagabonder dans les Trossachs, où il espérait bien rencontrer le fantôme de Rob Roy. Miss McCarthery ne put se tenir de lui dire que sa famille était justement alliée aux McGregor par l'intermédiaire de Rob Roy, le célèbre hors-la-loi. Cet aveu lui valut un redoublement d'attentions et il parut à Imogène qu'il y avait maintenant de l'admiration dans le regard qu'Allan fixait sur elle.

A Rugby, l'Ecossaise savait ses trois compagnons célibataires. Non pas qu'ils s'affirmassent misogynes, mais ils n'avaient jamais trouvé, ni les uns ni les autres, la compagne de leur rêve. De son côté, miss McCarthery confia qu'elle aussi connaissait la solitude et avoua que, par moments, cela lui semblait pénible.

A Lichfield — dont, si l'on en croit le docteur Johnson, les habitants sont les mieux élevés de toute l'Angleterre — Imogène et ses amis, se tenant par la main, chantaient une vieille chanson des Trossachs.

A Crewe, au cours de l'arrêt assez long, ces messieurs prièrent miss McCarthery de leur faire l'honneur de partager leurs provisions. Elle accepta avec bonne grâce parce qu'elle jugeait qu'il eût été de mauvais goût de sa part de faire des manières et puis, aussi, parce qu'elle avait faim. Gowan déballa des tranches de jambon, Andrew des pies fourrées aux pommes et Allan des « Lardy Cakes » (rapportés d'un voyage de la veille à Eastbourne) et auxquels on réserva un sort rapide parmi les rires, les plaisanteries charmantes et dans l'esprit le plus amical. Cependant, la nuit était complètement venue et il était temps de prendre un peu de repos. En allant aux toilettes pour se rafraîchir le visage, Imogène éprouva un choc en apercevant la silhouette de l'homme qui imposait à sa mémoire un souvenir qu'elle ne parvenait toujours pas à identifier. Il lui parut que l'homme, l'ayant vue, lui tournait le dos et fuyait. Craignait-il qu'elle le reconnût ? En tout cas, miss McCarthery se félicita de la présence de ses trois compagnons écossais auprès d'elle. Elle ne risquait rien sous leur protection et pourrait se reposer en toute tranquillité

Ces messieurs s'arrangèrent pour laisser le plus de place possible à Imogène, qui s'installa très confortablement et, après qu'on eut échangé des bonsoirs cordiaux, Andrew Lyndsay éteignit la lumière. Tous les événements vécus au cours des dernières vingt-quatre heures avaient brisé Imogène, qui ne tarda pas à sombrer dans un sommeil sans rêve. Le matin était encore loin lorsque Imogène émergea de la torpeur où elle avait glissé au départ de Crewe en sentant qu'on lui tapait légèrement sur l'épaule tandis qu'une voix attentive et pleine de déférence insistait :

— Miss McCarthery, il faut vous réveiller... Réveillez-vous, chère mademoiselle...

Imogène ouvrit un œil et reconnut Andrew Lyndsay qui lui souriait tandis que ses compagnons descendaient leurs bagages des filets. En un instant, l'Ecossaise fut debout.

— Que se passe-t-il ?

— Nous arrivons à Edimbourg, miss, et vous savez que nous devons y attendre la correspondance

pour Callander pendant près de trois heures !
J'espère qu'il y aura de la place au buffet !

C'était Allan qui avait répondu et Imogène eut
l'impression qu'il mettait beaucoup de chaleur dans
sa réponse banale en soi. Seule, miss McCarthery
n'aurait peut-être pas osé entrer dans le buffet de
Waverley Station, mais, avec ses trois compagnons,
elle ne redoutait rien. Elle s'arrangea pour faire
asseoir Allan à côté d'elle et crut voir une ombre de
dépit passer sur le visage grave d'Andrew. Elle en
frétilla d'aise. C'était la première fois qu'elle suscitait une jalousie d'ordre sentimental. Elle nota,
cependant, que des trois hommes, malgré l'heure
matinale, Andrew Lyndsay s'avérait le plus lucide,
tandis que le gros Gowan paraissait ne pas pouvoir
parvenir à se réveiller et qu'Allan n'arrêtait pas de
bâiller, tout en s'excusant de cette faiblesse auprès
de sa compagne qui la lui pardonnait bien volontiers. Lorsqu'ils eurent pris le thé et mangé quelques
buns et muffins, ils tentèrent de résister à la fatigue
qui les attaquait de toutes parts en cette heure incer-
taine qui n'appartient plus à la nuit et qui n'est pas
encore au jour. Imogène ne voulait pas céder, craignant de dormir la bouche ouverte et, qui sait, de
ronfler peut-être ? Le premier qui lâcha pied fut
Gowan. Brusquement, son menton s'inclina sur sa
poitrine et quelques instants plus tard, le rythme
régulier de sa respiration apprit à ses amis qu'il ne
fallait plus compter sur lui pour soutenir la conversation. Lyndsay adressa un sourire à Imogène pour
lui demander de s'immobiliser dans un sommeil
réparateur. Andrew Lyndsay alluma une cigarette :

— C'est le triste privilège de l'âge, miss Mc-
Carthery, de ne plus guère se soucier des faiblesses
physiques... Je pourrais rester des nuits entières
sans dormir. Mais vous-même, je vous en prie, si
vous souhaitez vous reposer un peu, ne vous gênez
pas. Je serai comme un pasteur veillant sur son petit
troupeau...

Imogène profita de la permission et ferma les
yeux en s'appuyant, le torse bien droit, au dossier de
la banquette. Au bout de quelques instants, elle sentit une tendre pression qui s'exerçait sur son côté

gauche. Elle entrouvrit les paupières. C'était Allan endormi qui, ayant perdu l'équilibre, s'affaissait contre elle. Imogène en fut remuée jusqu'au plus profond d'elle-même. Ce poids d'homme la bouleversait. Surveillant Andrew qui lui tournait le dos pour regarder le va-et-vient des voyageurs, elle s'arrangea pour hausser légèrement son épaule de façon à ce que la tête d'Allan finisse par s'y appuyer. Miss McCarthery aurait souhaité que le jour n'arrivât jamais. Mais les meilleurs moments ont une fin et Imogène sursauta violemment en entendant crier :

— Les voyageurs pour Dunblane, Callander, Lochearnhead, Luib, Tyndrum, Dalmally, Taynuilt, Oban, en voiture, s'il vous plaît !

Ils eurent du mal, les uns et les autres, pour se remettre debout et gagner leur train. Les jambes raides, le dos courbaturé, ils remâchaient cet abominable goût de nuit passée dans le chemin de fer ou dans la gare, parmi les fumées pestilentielles et les poussières de charbon qui ne sont pas l'apanage des seuls British Railways. Dès que les quatre amis eurent de nouveau déposé leurs bagages dans le compartiment choisi, miss McCarthery s'éclipsa pour gagner les toilettes et se refaire une beauté dont le charme avait quelque peu succombé aux épreuves de la nuit. Quand elle fut de retour parmi eux, ces messieurs s'exclamèrent sur la fraîcheur de son teint et convinrent qu'aucune Anglaise ne pourrait jamais, sur ce point, rivaliser avec une fille des Highlands. Ils l'installèrent près de la fenêtre et chacun s'ingénia à lui rendre plus confortable la place qu'elle occupait. Mais le plaisir de miss McCarthery subit une éclipse à l'instant où le train s'ébranlait, car, au milieu des voyageurs retardataires se hâtant vers leur wagon, elle repéra de nouveau la silhouette tout à la fois familière et inconnue. Elle fut sur le point d'en parler à ses amis, mais cela risquait de gâcher le beau moment qu'elle vivait et sans doute l'obliger à des confidences intempestives. La sagesse lui conseillait de se taire car, après tout, elle était peut-être victime d'une illusion.

En passant à Bannockburn, ils se turent pour mieux regarder le lieu sacré où les Ecossais flanquèrent une magistrale raclée aux Anglais. A Stirling, miss McCarthery se signa en souvenir de tous les morts royaux qui vécurent dans le château célèbre. En débarquant à Callander, Imogène retrouva — comme à chacun de ses retours au pays natal — sa jeunesse. Oubliant sa réserve naturelle et sa fierté que la vie à Londres renforçait, elle saluait à haute voix des gens qu'elle connaissait depuis toujours et qui se hâtèrent d'aller porter la nouvelle : la fille du capitaine McCarthery était revenue. Le vieux constable Samuel Tyler, qui surveillait la sortie des voyageurs, lui souhaita la bienvenue et Andrew Lyndsay déclara :

— Nous ignorions, miss McCarthery, que nous voyagions avec quelqu'un de célèbre, si j'en juge par les marques de respect qu'on vous prodigue !

On rit et l'on se sépara les meilleurs amis du monde. On se promit de se revoir et Imogène affirma qu'elle accepterait volontiers une invitation à dîner un de ces prochains soirs. Pendant qu'elle gagnait d'un pas vif sa maison où Mrs Rosemary Elroy, prévenue, avait dû donner le coup de balai indispensable, Allan Cunningham et Gowan Ross se dirigeaient vers les *Ancaster Arms*, où ils avaient retenu leurs chambres, alors qu'Andrew Lyndsay, passionné de solitude, se faisait conduire à Kilmahog, à l'hôtel du *Cygne Noir*, que dirigeaient Jefferson McPuntish et sa femme Alison et d'où, en quelques instants, Lyndsay pourrait atteindre le loch Vennachar et goûter les enivrantes et paisibles joies de la pêche à la ligne.

Mrs Elroy, vieille femme frôlant la septantaine et qui ne se dérangeait plus que pour donner un coup de main à miss McCarthery dont elle appréciait le sérieux, la retenue et le goût du célibat, embrassa maternellement Imogène. Les méchantes langues de Callander racontaient bien qu'elle aurait été plus qu'une amie dévouée pour feu le capitaine de l'armée des Indes supportant mal son veuvage, mais en Ecosse, comme partout ailleurs, la médisance va bon train et n'intéresse que ceux qui veulent y prêter l'oreille.

Imogène se retrouva avec plaisir dans sa chambre, où le buste en bronze de Walter Scott demeurait toujours en équilibre instable sur la planchette lui servant de support, face à un autre portrait de Robert Bruce qui, vu par un artiste du XVIIe siècle, ressemblait davantage à Tamerlan qu'à un solide Écossais. Miss McCarthery entreprit de vider sa valise. Ayant disposé son linge dans l'armoire, ses robes dans la penderie, elle mit de côté l'enveloppe qu'elle devait aller porter à sir Henry Wardlaw et, pour ne pas effrayer Mrs Elroy au cas où elle l'eût aperçu, elle rangea son lourd revolver au fond de sa valise vide et le recouvrit de vieux journaux. Rosemary l'ayant huchée par la fenêtre pour lui ordonner de venir se restaurer, Imogène, redevenue la fillette de jadis, obéit et, tout au long du repas, ne cessa d'entretenir sa gouvernante des défauts et des ridicules des Anglais et des Anglaises, ce qui flattait la xénophobie bien ancrée de Mrs Elroy. Après ce lunch, tandis que la vieille Rosemary retournait vers sa demeure dont elle ne reviendrait que le lendemain matin, miss McCarthery monta se coucher pour prendre un repos réparateur avant de remplir la dernière partie de la mission qu'elle avait acceptée.

Le soir tombait lorsque Imogène se réveilla, complètement remise de ses fatigues du voyage. Elle eut une pensée amicale et reconnaissante pour ses compagnons du train et alla prendre un bain froid qui acheva de lui rendre ses esprits. Son cœur battait bien un peu à l'idée de rencontrer le mystérieux personnage venu se cacher dans Callander et elle regrettait de voir si vite finir une aventure qui la passionnait. Elle se prépara avec le plus grand soin, afin de donner une bonne impression de sa personne, sans pour cela vouloir jouer les femmes fatales, et glissa l'enveloppe marquée T-34 dans son corsage. Sortant par la porte de derrière qui donnait sur un sentier rattrapant la route de Perth en serpentant entre les jardins, miss McCarthery aperçut la silhouette d'un homme immobile qui, lui tournant le dos, regardait sa maison. Sur le moment, elle ne songea pas à l'inconnu repéré par deux fois à Londres et à Edimbourg ; sans doute parce qu'elle se figurait que dans son pays natal il ne pouvait rien lui arriver de désagréable, elle s'approcha sans crainte du bonhomme et, d'une voix naturelle, demanda :

— Vous cherchez quelque chose, monsieur ?

L'autre fit un véritable bond en avant, comme si une bombe lui explosait dans les reins et, se retournant vers Imogène, bafouilla une excuse incompréhensible. Mais l'Ecossaise ne l'écoutait pas car, paralysée d'effroi, elle reconnaissait enfin, sans crainte de se tromper, celui qu'elle avait aperçu la veille au soir à Londres et au matin à Edimbourg : l'homme aux yeux bleus et à la moustache de phoque ! Celui qu'elle avait trouvé sur son palier à Chelsea ! Ainsi, ils étaient sur ses traces ! Par un violent effort sur elle-même, miss McCarthery reprit le contrôle de ses muscles noués et regagna en hâte sa maison. Les quelques mètres qu'elle fit alors lui parurent les plus longs de son existence, attendant à tout instant le coup qui lui fendrait le crâne ou le couteau qui s'enfoncerait dans son dos. Elle invoqua avec ferveur l'âme de Robert Bruce pour lui donner, la force de ne pas céder à la panique qui l'habitait. Le grand Ecossais dut l'entendre, car Imogène parvint jusque chez elle sans s'évanouir ni hurler et ce n'est qu'une fois le verrou de la porte tiré qu'elle se permit une brève faiblesse dont elle triompha avec une goutte de scotch.

De retour dans sa chambre, Imogène sourit de pitié en songeant aux illusions nourries quelques instants plus tôt. Il apparaissait évident que les ennemis du Royaume-Uni semblaient fermement décidés à l'empêcher de remettre son pli à sir Henry Wardlaw et, peut-être, la mort se tenait-elle à l'affût sur le court chemin qu'elle devait suivre pour aller jusqu'au bout de sa tâche ? Un instant, elle songea à téléphoner aux *Moors*, mais il lui parut que ce serait une lâcheté. Elle remettrait son enveloppe en main propre, comme il le lui avait été ordonné, ou elle tomberait victime du devoir. A cette perspective, elle ne put éviter une larme qui glissa sur sa joue. C'est toujours triste de mourir, même pour la Couronne... En tout cas, la fille du capitaine de l'armée des Indes jura qu'elle ne se laisserait pas égorger sans se défendre. Elle retourna prendre son revolver dans la valise, s'assura que le cran de sûreté en était ôté et, prête à toute éventualité, l'arma avant de le glisser dans son sac. C'est alors qu'elle trouva dans ce dernier un papier qu'elle ne se rappelait pas y avoir mis, un papier plié en quatre et qui ressemblait à un message. Tremblante, l'esprit perdu, Imogène le déplia, s'attendant à des menaces de mort ou à une mise en garde comminatoire, mais, en lisant ce qu'elle avait sous les yeux, son cœur se mit à battre la chamade, tandis que sa bouche s'ouvrait démesurément sans qu'elle songeât à la refermer :

Chère miss McCarthery, je ne vous connais vraiment que depuis quelques heures et, pourtant, cela me suffit pour comprendre que vous êtes la compagne dont je rêve depuis toujours. J'espère que vous excuserez une audace qui n'est pas dans mon caractère et que vous voudrez bien ajouter foi à l'aveu sincère de celui qui n'ose signer et attendra un geste d'encouragement de votre part pour se faire connaître.

Avec toute ma tendre sympathie et mon espoir.

Votre X...

Le premier billet doux qu'Imogène recevait ! Elle en fut bouleversée et, du coup, oublia sa mission et ses terreurs récentes. Sans doute avait-on glissé ce message dans son sac durant la nuit, mais qui s'en révélerait l'auteur ? Andrew Lyndsay, Gowan Ross ou Allan Cunningham ? Elle souhaitait ardemment que ce fût Allan, mais elle n'y croyait pas trop. La concordance des âges indiquait plutôt Andrew Lyndsay, qui s'était montré si prévenant à son égard, ou Gowan Ross, dont l'attitude effacée pouvait s'expliquer par une timidité propre bien souvent aux célibataires ayant atteint la cinquantaine et qui ressentent quelque honte à se conduire comme de jeunes amoureux. Imogène pensa qu'en la priant de l'encourager le signataire de ces lignes devait s'imaginer qu'elle l'avait remarqué. Comment lui apprendre qu'il n'en était rien ? Il fallait qu'elle fît très attention pour éviter la bévue qui risquait d'humilier son amour-propre. Elle résolut d'observer ses trois amis avec soin quand elle les rencontrerait de nouveau et se convainquit qu'elle devinerait alors l'auteur de la lettre. Ragaillardie par la perspective d'être conduite devant l'autel, Imogène n'éprouvait plus aucune peur de ses ennemis. Elle se montrerait digne de la tendresse de celui qui l'aimait. Pleine d'un courage à toute épreuve, miss McCarthery s'élança bravement dans le crépuscule vers *Les Moors*, où l'attendait sir Henry Wardlaw.

Les Moors, une maison trapue dont le toit, sur sa face postérieure, touchait presque au sol du jardin. Miss McCarthery se souvenait de ses anciens propriétaires, les Gibbons, qui, deux ou trois années auparavant, étaient partis rejoindre leur fille mariée à Chicago. Plusieurs fois, sur le trajet la séparant de son but, Imogène se retourna pour voir si on la suivait, mais sans doute son agresseur hypothétique avait-il compris à qui il devait s'en prendre et, peu soucieux de tenter une attaque risquant de tourner à sa confusion, il ne se montra pas. Une Imogène McCarthery n'avait pas pour habitude de se rendre sans combattre et une Imogène McCarthery qu'on aimait devenait pratiquement invincible ! Quand elle fut arrivée à la porte ouvrant sur le jardin abandonné des *Moors*, elle jeta un ultime coup d'œil autour d'elle. Rien ne semblait bouger dans la lande. Par acquit de conscience, elle retint son souffle et prêta l'oreille. Elle ne perçut pas autre chose que le chuchotement du vent et, si elle n'avait pas été en mission, se fût laissée aller à l'écouter, car il lui paraissait murmurer des mots tendres, ces mots qu'elle n'avait jamais entendus et qu'un autre ne demandait qu'à lui dire. Persuadée qu'elle ne craignait plus rien pour l'instant, Imogène désarma son revolver et remit le cran de sûreté. Cette initiative sauva probablement la vie de sir Henry Wardlaw, car, au moment où la visiteuse tendait le bras pour tirer la corde de la cloche d'entrée une main se posa sur son épaule. L'Ecossaise étouffa un cri et faisant une volte-face rapide pointa son revolver sur l'inconnu en appuyant vainement sur la détente. Imogène jura pour la première fois de son existence. Un peu surpris, sir Henry murmura :

— Miss McCarthery, je suppose ?

— Ou... oui.

— Je suis celui avec qui vous avez rendez-vous pour lui remettre quelque chose.

— Oh ! je suis désolée d'avoir failli...

— N'en parlons plus... Suivez-moi, voulez-vous ?

Sans attendre la réponse, sir Henry s'enfonça dans l'obscurité et Imogène se hâta pour ne point le perdre de vue. L'un derrière l'autre, ils se glissèrent entre des haies et, sans trop savoir comment elle y était parvenue, miss McCarthery se retrouva dans un studio confortable où brûlait un feu de bois. Sur une table, une bouteille de scotch et deux verres. La visiteuse soupira d'aise. Les minutes qu'elle venait de vivre lui faisaient apprécier cette sensation de sécurité qu'elle éprouvait auprès de sir Henry qui, l'ayant priée de s'asseoir près du feu, déclara :

— Je crois que ce dont vous avez le plus besoin, miss, en ce moment, c'est d'un peu de whisky.

Elle jugea inutile de protester et elle observa son hôte pendant qu'il la servait. Henry Wardlaw respirait la distinction par tous ses pores. Très grand, très mince, il avait un visage ascétique aux yeux clairs. Vêtu d'une veste de tweed, où Imogène crut discerner les couleurs fondamentales des McGregor, il donnait l'impression d'un gentleman-farmer qui partagerait son temps entre l'étude et l'exploitation de ses terres. Un homme très sympathique. Souriant, il s'inclina devant l'Ecossaise.

— Buvez, miss, cela vous remettra...

Ils burent tous deux. Reposant son verre, sir Henry affirma :

— Je crains, miss McCarthery, que vous ne manquiez un peu de sang-froid pour un agent de l'Intelligence Department ?

Sous le blâme, Imogène rougit, mais, se reprenant, elle protesta :

— Quand vous saurez ce qui m'est arrivé, monsieur, vous admettrez que j'ai des excuses !

50

Elle conta par le menu sa première rencontre avec l'homme aux yeux bleus sur le palier de sa demeure londonienne, ses brèves apparitions à Euston Station et à Edimbourg ; enfin, la manière dont elle l'avait surpris, quelques instants plus tôt, épiant sa maison. Sir Henry hocha pensivement la tête :

— Je vois... et personne d'autre n'a essayé d'entrer en contact avec vous ?

— Personne, monsieur. D'ailleurs, j'ai voyagé en compagnie de trois compatriotes, comme moi exilés à Londres, et qui viennent à Callander pour passer leurs vacances. Ils ne m'ont pas quittée et, grâce à eux, je me sentais en sûreté.

— Qui étaient ces messieurs ?

— Andrew Lyndsay, un géomètre, Gowan Ross, un comptable, et Allan Cunningham, un agent théâtral.

— Eh bien ! maintenant que nous avons fait connaissance, miss McCarthery, je crois que vous pouvez me remettre le pli que David Woolish vous a confié ?

Discrètement, Imogène se retira dans un coin de la pièce pour ouvrir son corsage et en sortir l'enveloppe. S'étant réajustée, elle rejoignit sir Henry et lui tendit le pli avec un sourire où se lisait le juste orgueil du devoir accompli. Wardlaw prit un coupe-papier et décacheta le pli. Il en tira des feuillets qu'il examina rapidement puis, se tournant vers la demoiselle, déclara froidement :

— Je regrette de vous dire miss McCarthery, que, contrairement à ce que vous pensiez, l'homme aux yeux bleus, ou un autre, est parvenu à ses fins... Regardez !

Horrifiée, Imogène dut se rendre à l'évidence. L'enveloppe ne contenait que des feuilles blanches. Elle balbutia :

— Ce... ce n'est pas... pas possible...

— Hélas ! si, miss McCarthery... Vous ne voyez pas à quel moment la substitution a pu avoir lieu ?

— Non... Mais, enfin, c'est la même enveloppe ?

— Ou, du moins, du même genre que l'original.

Véhémente, Imogène se leva :

— Vous allez ordonner d'arrêter cet homme,

n'est-ce pas ? Callander n'est pas grand ! Il sera vite retrouvé !

— A moins qu'il ne soit déjà parti ?... Calmez-vous, miss McCarthery. N'oubliez pas que l'Intelligence Department agit en dehors de la police officielle... Je n'ai, pour ma part, aucune autorité pour demander l'arrestation de qui que ce soit. Quel motif invoquerai-je sans trahir nos secrets ? De plus, cet homme dont vous me parlez relève sans doute d'une puissance étrangère et voyez un peu les complications où une démarche intempestive nous entraînerait ?

— Mais alors ?

— Miss McCarthery, quelqu'un qui accepte de travailler avec nous doit faire preuve d'initiative pour mener à bien et seul la mission dont il a été chargé. Il vous incombe donc de récupérer ces documents au plus tôt et par n'importe quel moyen. Tous les crédits vous sont ouverts !

— Vous avez bien dit : tous les moyens, sir ?

— J'ai bien dit : tous les moyens, miss ?

Humiliée, en proie à une rage folle, Imogène était rentrée chez elle, rêvant de tenir l'homme aux yeux bleus entre les quatre murs d'une pièce et de le torturer à mort jusqu'à ce qu'il lui ait rendu ses documents. Mais, pour l'heure, elle se sentait réduite à l'impuissance puisqu'elle ne pouvait compter sur personne. Soudain, elle repensa à ses compagnons de voyage et une grande espérance la souleva. Parmi eux, il y en avait un qui l'aimait et celui-là ne refuserait pas de l'aider. Ensemble, ils risqueraient leur vie pour la sauvegarde de la Couronne et l'honneur d'Imogène ! Ce seraient, là, des fiançailles dignes d'une descendante de Rob Roy !

N'arrivant pas à trouver le sommeil, miss Mc-Carthery écrivit à Nancy pour la mettre au courant, en termes voilés, de ses malheurs et de ses espérances. En robe de chambre, ses cheveux rouges maintenus par un ruban vert, elle s'installa à sa table et commença son épître :

Très chère Nancy,

Figurez-vous que je suis déshonorée. Je ne le confie-

rais pas à une autre que vous, mais vous êtes mon amie et je suis convaincue que vous partagerez ma honte et que vous me plaindrez. On m'a volé quelque chose que j'avais et que vous ne saviez pas que j'avais. Je dois vous dire aussi que quelqu'un m'aime et m'a adressé un billet doux. Je suis persuadée que c'est pour le bon motif. Aussi, ne soyez pas étonnée, chère Nancy, si vous me revoyez pourvue d'un mari et devenue Mrs... Il est vrai que j'ignore encore le nom de mon amoureux et c'est pourquoi je ne vous le dis pas. Mais voudra-t-il d'une femme déshonorée ? Je suis littéralement affolée par mes responsabilités. La Reine a beau être une Anglaise, je ne peux pas la trahir, même involontairement. Qui peut deviner quels malheurs risquent de fondre sur le Royaume-Uni par suite de mon manque de précautions ? Nancy, je suis malheureuse et j'aurais envie de mourir si j'ignorais que l'on m'aime dans l'ombre. Vous me manquez. Au revoir, Nancy chérie, priez pour votre amie afin que le ciel lui rende son honneur en lui permettant de retrouver ce qu'elle a perdu. Je vous embrasse.

Imogène McCarthery

A Londres, miss Nankett, affolée par cette lettre, la fit lire sous le sceau du secret à miss Lewis, qui en parla à Aneurin Archtaft, lequel, y trouva la confirmation de son pronostic : Miss McCarthery relevait d'un hôpital psychiatrique. Pour tenter d'avancer ses affaires auprès de Janice, il insinua que c'était peut-être le célibat qui avait réduit Imogène à cette triste condition.

4

Parce qu'elle était d'une complexion robuste et habituée à une discipline militaire, Imogène passa quand même une bonne nuit, où les rêves roses l'emportèrent de loin sur les cauchemars. Réveillée, elle ne se leva pas tout de suite, s'accordant quelques instants de songerie agréable, se reposant pour la centième fois la question : qui se mourait d'amour pour elle sans oser se déclarer ouvertement ? En dépit de sa volonté, le visage souriant d'Allan Cunningham s'imposa à sa mémoire complice. Pour échapper à cet envoûtement stérile, elle se précipita dans la salle de bains où une douche glacée la rendit à elle-même. Ses exercices de culture physique terminés, elle déjeuna tout en dressant le plan de sa contre-attaque. Sir Henry déclarait qu'il ne pouvait rien auprès de la police officielle qu'on ne saurait mêler aux affaires des services secrets ? Bon, mais qui est-ce qui empêchait Imogène de dire qu'on lui avait volé un bijou et qu'elle soupçonnait l'identité du voleur ? Ce serait un excellent moyen pour retrouver l'homme aux yeux bleus et quand on l'amènerait au poste, elle ne risquait que de devoir lui adresser des excuses pour une accusation sans fondement, mais elle ne perdrait pas ainsi sa trace et jouerait alors sa partie. A cette perspective, ses muscles durcissaient et ses longs doigts osseux se crispaient comme si elle tenait déjà son adversaire à la gorge. Enchantée de ce qu'elle estimait une excellente ruse de guerre, miss McCarthery chaussa ses souliers à talons plats et fit un sourire à son père en lui assurant qu'elle allait réparer l'accroc infligé à l'honneur de la famille. Elle eut conscience que sir Walter Scott lui adressait un encouragement muet et que Robert Bruce la regardait avec amitié. Ayant ainsi rassemblé ses forces, elle sortit dans le matin tout neuf, aspira profondément l'air salubre des Highlands et se dirigea vers le bureau de police.

Archibald McClostaugh, chief-constable, ne connaissait pas miss McCarthery. Nommé à Callander depuis quelques mois sur sa demande, il avait enfin le poste tranquille qu'il souhaitait à peu d'années de sa retraite. Il y attendrait dans une oisiveté rétribuée le moment de déposer son uniforme et d'aller jouir en paix de sa retraite dans son village de Hobbkirk, qu'il tenait pour le plus joli site des Borders et où il pourrait sacrifier du matin au soir à la passion dévorante qu'il nourrissait pour le jeu d'échecs. Archie s'entendait parfaitement avec le constable, Samuel Tyler, de nature aussi peu policière que la sienne et qui, comme lui, se félicitait de ce que le calme de la population de Callander et des hameaux avoisinants l'autorisât à passer le plus clair de son temps à la pêche. Ni l'un ni l'autre n'avaient cru bon de prendre femme. Ils ne le regrettaient pas.

Tous les matins, en arrivant au bureau de police, le chief-constable jetait un coup d'œil angoissé sur son bureau et poussait un soupir de soulagement en constatant qu'il ne s'y trouvait aucun papier dont le contenu eût risqué de déranger son existence bien réglée. Rassuré, il installait son échiquier, plaçait les pions noirs et les pions blancs et, s'asseyant, se plongeait dans un des problèmes hebdomadaires du *Times* dont il lui fallait presque toujours la semaine pour triompher car il était d'intelligence assez courte et s'appliquait plus qu'il ne devinait. Homme positif, l'intuition ne s'avérait pas son fort. Il s'en passait fort bien. Samuel Tyler absent, miss McCarthery entra directement dans la pièce occupée par Archibald sans pour cela distraire de son occupation le chief-constable, occupé à recommencer pour la dixième fois une attaque par les cavaliers blancs qui devait faire échec et mat les noirs en trois coups. A défaut d'autres qualités professionnelles, McClostaugh avait de l'obstination. Imogène patienta quelques instants, puis, voyant que décidément le policier ne lui prêtait aucune attention, elle frappa sèchement sur le bureau — ce qui eut pour effet immédiat de faire sauter les pièces du jeu — en disant :

— Et alors ?

Persuadé qu'il se trouvait sur le point de résoudre le problème posé, Archie releva un visage hargneux :

— Et alors, quoi ?

— Et alors, je me demande si, oui ou non, vous allez vous apercevoir de ma présence ? D'abord, qui êtes-vous ?

— Et vous ?

— Je suis Imogène McCarthery !

— Vous vous fichez de moi !

— Moi ? Et pourquoi !

— Parce que jamais une femme qui se respecte ne s'est affublée d'un prénom pareil.

Miss McCarthery resta un moment sans voix avant d'exploser :

— Est-ce que vous vous rendez compte que vous insultez papa ?

— Est-ce que vous vous rendez compte que vous me faites perdre mon temps ?

— Parce que vous vous imaginez que le gouvernement vous paie pour jouer aux échecs ?

— Ce que j'imagine ne vous regarde pas et si vous ne fichez pas le camp, je vous arrête pour outrage à un agent dans l'exercice de ses fonctions !

Imogène eut un rire vengeur et montrant l'échiquier :

— C'est ça l'exercice de vos fonctions ?

— Sortez ou j'appelle un agent !

— Mais c'est vous l'agent !

— Comment ? ? Oui, c'est vrai... Enfin, par le Christ, qu'est-ce que je vous ai fait ?

— A moi ? Rien.

— Alors pour quelles raisons venez-vous m'embêter ?

— Parce qu'on m'a volée !

— Ce n'est pas vrai !

— Ce n'est pas vrai ?

— Ce n'est pas vrai parce qu'il n'y a jamais eu de voleur à Callander et dans la région depuis ce gredin de Rob Roy.

— Qu'est-ce que vous avez osé dire, sale flic ?

De son côté, Archie manqua s'étrangler de fureur sous l'insulte.

— Alors, là, attention ! Attention, miss ! Ce n'est pas parce que vous avez des cheveux rouges...

— Si j'ai des cheveux rouges, c'est que mon père les avait ainsi et je ne permettrai pas à un damné bâtard...

— Vous me traitez de bâtard, miss ?

Heureusement, Samuel Tyler, rentrant de sa tournée, apparut. A la vue de miss McCarthery, sans deviner le drame qui bouleversait la quiétude habituelle du bureau, il salua la fille du capitaine avec lequel il lui arrivait dans sa jeunesse de jouer aux fléchettes le samedi soir au *Fier Highlander* et demanda, aimable :

— Comment vous portez-vous, miss Imogène ?

— J'irais bien, Tyler, si la police était confiée à d'autres mains !

Samuel avait beau ne pas être très futé, il comprit que tout n'allait pas pour le mieux entre son supérieur et miss McCarthery. Il feignit de n'avoir pas entendu, mais Archie l'apostropha :

— Vous connaissez cette personne, Tyler ?

— Depuis fort longtemps, monsieur.

— Elle est folle ou quoi ?

Imogène ricana :

— Ne vous gênez pas ! Faites comme si je n'étais pas là ! Voilà ce qui arrive quand on met des étrangers aux postes de confiance !

— Vous entendez, Samuel Tyler ? Elle me traite d'étranger, moi ! Moi qui suis né dans les Borders et à qui ma mère mettait du whisky dans le biberon pour me donner du caractère !

— Dans les Borders, vous avez été contaminés par les Anglais ! Tandis que nous, dans les Highlands...

— Dans les Highlands, vous êtes restés à l'état sauvage !

Samuel ôta son casque pour se gratter le crâne, puis demanda :

— Qu'est-ce qui se passe au juste ?

Imogène répondit la première :

— Je viens demander aide et protection à cet olibrius et, sous prétexte que je le dérange dans son jeu d'échecs, il m'insulte, il insulte papa, il insulte Rob Roy !

Fort ennuyé, Tyler voulut ramener le calme :

— Ne vous fâchez pas, miss Imogène, il doit y avoir un malentendu.

Véhémente, miss McCarthery protesta :

— Un malentendu ? Je viens dire à cet individu...

— Archibald McClostaugh, chief-constable...

— ... que j'ai été volée...

— Et moi, je lui dis qu'elle ment parce qu'un habitant de Callander est incapable de voler !

57

— Et qui vous a confié qu'il s'agissait de quelqu'un de Callander ?

Stupéfaits, Archie et Samuel se regardèrent. Imogène en profita pour achever, triomphante :

— C'est un étranger !

Du coup, McClostaugh se transforma.

— Dans ce cas, miss McCarthery, ça change tout... Voulez-vous prendre la peine de vous asseoir... Voyons, que vous a-t-on volé, au juste ?

— Un... un bijou...

Archie la regarda, méfiant.

— Vous n'avez pas l'air d'être sûre de vous ?

— En voilà une idée ! Elle est bien digne d'un frontalier.

Tyler intervint avant que son supérieur se remît à hurler :

— Je vous en prie, miss Imogène... N'asticotez pas Mr McClostaugh...

— Alors, qu'il ne me fasse pas de réflexions idiotes !

Le chief-constable invoqua une douzaine de saints écossais réputés pour leur action lénifiante et reprit son interrogatoire :

— Quelle sorte de bijou vous a-t-on dérobé, miss ?

— Un bijou.

— J'entends bien, mais quel bijou ? Un collier ? Une bague ? Un diadème ? Une broche ?

— Un... un collier.

— En quoi ?

— En or, avec des pierres précieuses.

— Lesquelles ?

— Ça ne vous regarde pas !

Une fois encore, Tyler tenta d'apaiser les esprits.

— Miss Imogène, faites un effort...

Mais Archibald clôtura le débat d'un sec :

— Ça suffit, Samuel ! J'ai compris !

Il se leva et, venant près de miss McCarthery, il lui colla un index vengeur sous le nez en gueulant de toutes ses forces :

— On ne vous a jamais pris de bijou ! Vous nous racontez des histoires pour essayer de vous rendre intéressante ! Fichez le camp avant que je me mette en colère pour de bon ! Faites-la sortir, Tyler, et, si vous voulez un conseil, miss, n'abusez pas du whisky dès le matin, ça ne vous réussit pas !

En dépit de ses protestations, que sa fureur rendait inintelligibles, Samuel raccompagna Imogène jusqu'à la porte d'une main ferme.

L'Ecossaise aux cheveux rouges disparue, Archie remit en place les pièces de son échiquier tout en confiant à son subordonné :

— On était tranquille ici et il faut que cette folle vienne nous embêter ! D'où sort-elle ?

— Elle travaille dans un ministère, à Londres. C'est une brave fille, mais son papa a beaucoup bu...

— C'est malheureusement souvent les enfants qui paient pour leurs parents. Vous devriez la suivre un peu, Samuel, pour voir si elle ne se livre pas à quelque excentricité...

Ulcérée par l'incompréhension dont elle s'estimait victime, miss McCarthery décida d'aller demander conseil à son ami Andrew Lyndsay à l'hôtel du *Cygne Noir*, à Kilmahog, parce que, plus elle y réfléchissait, plus elle se persuadait que c'était sûrement lui l'auteur du billet doux. Elle se rendit à Kilmahog, juchée sur un invraisemblable vélo dont elle ne se servait plus depuis trente ans et dont la selle la meurtrit cruellement. Mais au *Cygne Noir*, on lui apprit que Mr Lyndsay avait gagné Callander où il comptait des amis. Déçue, Imogène prit le chemin du retour et se présenta aux *Ancaster Arms* où on lui déclara que Messrs Ross et Cunningham étaient partis depuis une demi-heure en compagnie d'un monsieur venu les chercher.

Miss McCarthery ne s'avoua pas vaincue. Il lui fallait rencontrer Andrew Lyndsay ; elle le trouverait quand bien même tous les lutins et mauvais génies de la lande uniraient leurs efforts à ceux de cet animal extravagant nommé Archibald McClostaugh pour entraver son action. Cependant, elle estima qu'il importait de réfléchir avant d'agir. Les messieurs qu'elle recherchait se promenaient dans Callander. Ne les ayant pas vus dans la rue principale, Imogène pouvait admettre qu'ils s'étaient arrêtés quelque part pour bavarder à l'aise. Le souvenir paternel lui rappela que, dès qu'un homme n'est pas chez lui, on le trouve forcément à la pêche ou au café, et comme Andrew Lyndsay n'était pas en train de pêcher, Imogène se dirigea sans hésiter vers le *Fier Highlander* où si souvent, jadis, elle venait aider son père à sortir de l'établissement avec ce minimum de dignité que doit, en toute circonstance, sauvegarder un ancien capitaine de l'armée des Indes ayant dépassé la dose de whisky au-delà de laquelle les lois fondamentales de l'équilibre lui apparaissent comme un damné mensonge.

L'entrée de miss McCarthery au *Fier Highlander* créa une certaine sensation parmi les buveurs déjà attablés. Ted Boolitt, le patron, un quadragénaire au visage congestionné, fils de Nicolas Boolitt, l'ami du capitaine McCarthery, se précipita :

— Miss McCarthery, je suis content de vous revoir dans cette maison qui est un peu la vôtre... Enfin, je veux dire celle de votre père... Qu'est-ce que je vous offre ?

— Avec votre permission, Ted, je ne prendrai rien. Je cherche un gentleman...

— Ici, vous avez le choix, miss !

De bons gros rires emplirent le café. Gêné, Ted toussa et sa femme Margaret, attirée par le bruit, sortit de sa cuisine. C'était une créature au teint pâle qui ressemblait à une endive. Thomas, le garçon, lui chuchota quelque chose à l'oreille et Mrs Boolitt examina avec méfiance l'Ecossaise aux cheveux rouges, la rendant, par l'intermédiaire de son défunt père, responsable du malheur qui l'accablait depuis qu'elle avait épousé cet ivrogne de Ted. La logique féminine suit des chemins insoupçonnés. Furieux, Boolitt s'adressa sévèrement à ses clients :

— Gentlemen, un peu de respect, je vous prie ! Miss McCarthery est la fille unique de celui qui fut un des plus fidèles habitués de cette maison. A ce titre, elle a droit à la considération de tous tant qu'elle me fera l'honneur d'être mon hôte !

Un silence respectueux suivit cette homélie qu'Imogène conclut en roucoulant :

— Merci, Ted...

Cependant, le loustic anonyme ne désarma pas pour autant :

— Ted, tu as tort de te fâcher ! Nous ne voulons que rendre service à miss McCarthery et puisqu'elle cherche un homme, nous sommes ici tout prêts à nous mettre à sa disposition !

Les rires reprirent de plus belle, mais Imogène ne se laissait pas démonter facilement. Agressive, elle se tourna vers le joyeux drille :

— J'ai dit que je cherchais un gentleman, monsieur le plaisantin, et je ne pense pas que vous répondiez à cette définition ! Je ne serais même pas étonnée — si j'en juge par votre grossièreté — que vous ne soyez pas un homme des Highlands !

Sans le savoir, miss McCarthery avait frappé juste car le bonhomme — un représentant de commerce — venait de Glasgow. Comme chaque fois qu'on faisait appel à leur nationalisme, les Highlanders épousèrent aussitôt le parti d'Imogène. Ted, heureux de ce revirement, voulut sa part du triomphe et, s'adressant à celui qui avait plaisanté son amie, il annonça :

— Mr Beckett, je crois qu'il ne vous reste plus qu'à offrir une tournée générale pour vous être attaqué à une fille des Highlands !

Ted Boolitt ne perdait jamais de vue ses intérêts. Des acclamations saluèrent sa proposition et, faisant contre mauvaise fortune bon cœur, Beckett fut bien obligé de s'exécuter à seule fin de ne pas mécontenter une hypothétique clientèle. Imogène, faisant preuve d'une grandeur d'âme qui lui rallia les sympathies, accepta de trinquer avec son adversaire et, bien qu'il fût à peine 11 heures du matin, vida son verre de whisky sous l'œil attendri de Ted Boolitt, reconnaissant dans la fille un peu de ce qui avait fait la gloire du père, et sous le regard navré du constable Tyler, entré au *Fier Highlander* sans que personne ne l'eût remarqué.

Andrew Lyndsay n'étant pas là, miss McCarthery prit gracieusement congé de l'assemblée et sortit, mais pour cela, elle fut obligée de passer devant le constable qui murmura :

— Le chief a raison, miss Imogène, vous ne

devriez pas vous mettre au whisky de si bonne heure !

D'abord interloquée, l'Ecossaise réagit avec vigueur et, à l'étonnement admiratif de tous ceux qui assistaient à la scène, traita Samuel Tyler comme un gamin mal élevé. Quand elle fut partie, Ted Boolitt résuma l'opinion générale en déclarant :

— On dira ce qu'on voudra, mais c'est quelqu'un cette fille-là !

Samuel, qui tenait absolument à ne pas perdre la face, s'approcha du patron du *Fier Highlander*, l'œil mauvais :

— Si ça vous amuse, Ted Boolitt, d'entendre insulter un constable de Sa Gracieuse Majesté, grand bien vous fasse ! Mais je vous avertis que ledit constable saura appliquer strictement désormais les règlements concernant la fermeture des débits de boissons !

En sortant, Tyler eut la satisfaction d'attraper les échos de la dispute qui mettait aux prises Boolitt et sa femme.

Ne sachant où aller pour rencontrer Andrew Lyndsay, Imogène s'en fut à l'aventure, suivie discrètement, et de loin, par le constable Tyler obéissant aux ordres de son chef.

Fort embarrassée par sa bicyclette, miss Mc-Carthery, ayant dépassé les dernières maisons de Callander sur la route de Kilmahog, se demandait si elle ne ferait pas mieux de rentrer chez elle pour y préparer son déjeuner lorsque, raidie de stupéfaction, elle vit venir à elle son voleur, l'homme aux yeux bleus et à la moustache de phoque, qui portait une gaule sur l'épaule. En bon agent de l'Intelligence Department, Imogène admira la ruse. Pour ne pas attirer les soupçons, cet individu continuait à jouer son rôle de paisible amateur de pêche, attendant sans doute que les recherches fussent orientées dans une autre direction pour prendre la fuite et rejoindre ceux à qui il devait remettre les documents dérobés. Intérieurement, Imogène ricana. Ce sinistre bonhomme ne se doutait sûrement pas de ce qui allait lui arriver ! Au moment où il parvenait à la hauteur de l'Ecossaise, il eut le front de lui adresser un sourire aimable mais qu'Imogène trouva hideux, tant elle y décernait de fourberie. Ce ne fut pas long. D'un élan, elle lui jeta son vélo dans les jambes et le bonhomme s'effondra, en se prenant les pieds dans le cadre et dans la roue arrière. Aussitôt, miss McCarthery lui fonça dessus et, l'empoignant par le col de sa chemise, commença à l'étrangler fort proprement tout en hurlant :

— Voleur ! Vous allez me la rendre, mon enveloppe, oui ou non ? Vous allez me la rendre ou par les tripes du diable (Imogène dans ses moments d'exaltation intense retrouvait spontanément les jurons favoris de son père), je vous étrangle comme un poulet !

Les yeux hors de la tête, immobilisé par la bicyclette qui lui paralysait les membres inférieurs, la victime de miss McCarthery, même si elle en avait eu envie, aurait été dans l'incapacité de répondre car, déjà, le souffle lui manquait. Samuel Tyler, qui avait assisté de loin à l'agression, en resta un moment pétrifié sur place puis, prenant ses jambes à son cou, se précipita vers le couple emmêlé, mais à son âge il ne pouvait guère dépasser le trot. Quand il arriva sur les combattants, l'homme à la moustache de phoque était sur le point de s'évanouir. Attrapant Imogène par les épaules, le constable lui fit lâcher prise et se porta au secours de la victime dont la trachée faisait un bruit de tuyau crevé tandis qu'elle aspirait avec avidité l'air dont elle avait failli être à jamais privée. Quand il se fut assuré que le vaincu reprenait ses esprits, Samuel se tourna vers miss McCarthery et, d'un ton sévère, interrogea :

— Miss Imogène, je vous avertis que je ne tolérerai pas que vous semiez le trouble et le scandale dans Callander ! Je vous ai vue vous jeter comme une furie sur ce malheureux. Voulez-vous me dire ce que cela signifie ?

— C'est mon voleur !

Le constable fit de nouveau face à l'homme qui se relevait péniblement et, tout en l'aidant à se débarrasser de la bicyclette, lui demanda :

— Vous avez entendu ?

D'une voix encore entrecoupée par de brèves inspirations, l'autre répondit :

— Oui, mais je ne comprends pas.

Imogène se mit à trépigner :

— Samuel ! Vous n'allez pas le laisser s'en tirer comme ça ? Je vous avertis que, si vous ne lui passez pas immédiatement les menottes, je porterai plainte contre vous !

S'il y avait une chose que Tyler n'aimait pas, c'est qu'on se permît de lui suggérer ce qu'il devait faire.

— Miss McCarthery, je suis constable depuis bientôt quarante ans et je n'ai besoin de personne pour m'apprendre mon métier ! Vous accusez ce monsieur...

— Ce monsieur ? Un misérable espion, oui !

— Miss McCarthery, je vous conseille de surveiller vos paroles car la diffamation est prévue par le Code de Justice !

— Mais puisque je vous dis que c'est un espion, sacrée de tête de mule !

— Miss McCarthery, l'outrage à agent dans l'exercice de ses fonctions existe aussi dans le Code, prenez-y garde ! Et d'abord, les espions ne volent pas des bijoux ! Alors, il faudrait s'entendre ! Ce monsieur est-il un voleur ou un espion ?

— Les deux !

Tyler s'adressa beaucoup plus aimablement à l'homme à la moustache de phoque :

— Mon devoir est de vous prier de me donner votre avis sur tout ceci, monsieur.

— Je ne suis ni un voleur ni un espion, mais un paisible commerçant célibataire d'Alberystwyth, sur la côte de Cardigan, dans le Pays de Galles...

Samuel dut s'interposer vivement car, pareille à la tigresse dont on a pris les petits, Imogène se jetait de nouveau sur le malheureux Gallois en hurlant :

— Un Gallois ! J'aurais dû m'en douter ! Il n'y a qu'un Gallois pour oser me faire ça !

Attirés par ses cris, des habitants de Callander, flairant une distraction de choix, s'approchaient. Tyler les vit venir de loin et ne voulant pour rien au monde se trouver en butte aux sarcasmes de

ses concitoyens, il pressa les combattants d'en terminer.

— En somme, miss McCarthery, vous accusez
monsieur de vous avoir dérobé un objet de valeur...

— Parfaitement !

— Et vous, monsieur, vous prétendez qu'il n'en
est rien ?

— Bien sûr !

— Dans ce cas, vous allez me suivre tous deux au
bureau de police, le chief-constable prendra la décision qui s'impose !

A la vue d'Imogène, de Tyler et d'un troisième personnage inconnu, Archibald McClostaugh, qui
venait de réussir un gambit à la reine, poussa un
gémissement étouffé. D'un geste rageur, il repoussa
son échiquier et, d'une voix remplie d'amertume, il
apostropha son adjoint :

— Samuel Tyler, dites tout de suite que vous
ambitionnez de prendre ma place et que, pour arriver à votre but, vous ne reculerez devant aucune
manœuvre ? Qu'est-ce qui se passe encore ?

Le constable fit un rapport succinct auquel Archie
ne comprit naturellement rien du tout. Miss Mc-
Carthery voulut intervenir, mais il lui intima l'ordre
de se taire avec une telle violence qu'elle ne pipa
mot, puis le chief s'adressa au Gallois :

— Vos nom, prénoms et qualité ?

— Herbert Flootypol, cinquante ans, né à
Alberystwyth où j'habite et où j'exerce le métier de
libraire près de l'université. Voici mes papiers.

Archibald les consulta et avant de les rendre se fit
préciser :

— Qu'êtes-vous venu faire à Callander ?

— Me reposer car j'ai eu une mauvaise grippe cet
hiver et je suis, de plus, un fervent de la pêche.

— Bon. Eh bien ! je ne vois rien là que de très
naturel !

Imogène soupira avec commisération :

— Le contraire m'aurait étonnée !

— Ce qui m'aurait étonné, moi, miss McCarthery,
c'est que vous vous conduisiez comme une personne
raisonnable !

— Que cet individu me rende mon enveloppe, c'est tout ce que je demande !

— Quelle enveloppe ?

— Je veux dire mon bijou !

— Un bijou ou une enveloppe ?

— Les deux !

— Miss McCarthery, prenez note de ce que je vais vous confier : j'ai cinquante-sept ans, il y a trente-six ans que j'appartiens à la police et jamais encore quelqu'un ne s'est permis de se moquer d'Archibald McClostaugh comme vous avez l'insolence de le faire ! Miss McCarthery, vous allez vider les lieux et en vitesse, sinon je vous colle en prison pour ivresse sur la voie publique !

— Hein ?

— Et si vous ennuyez encore ce gentleman, je recevrai sa plainte pour vous attaquer en diffamation et je vous promets que j'y ajouterai de tels attendus que vous en aurez pour tout le reste de votre existence à lui payer des indemnités !

Mais Tyler, qui prévoyait la crise, espéra la tuer dans l'œuf en suppliant son irascible compatriote :

— Ne vous fâchez pas, miss Imogène !

Gonflée de colère, Imogène hurla :

— J'aurais dû me douter que vous n'étiez qu'un policier vénal !

McClostaugh aurait reçu le toit sur la tête qu'il n'eût pas été plus assommé.

— Vous... vous avez bien... bien dit : vénal ?

— Ce maudit Gallois vous a acheté, c'est clair !

— Miss McCarthery, au nom de la Loi...

— Archibald McClostaugh, à votre tour, retenez bien ceci : vous serez pendu !

Le chief-constable, quand il pensait à son avenir, envisageait bien des hypothèses, mais jamais il n'avait prévu qu'il pourrait un jour se balancer au bout d'une corde.

— Vous serez pendu comme agent de l'ennemi et traître à la Couronne !

Imogène sortit avant qu'Archie eût repris ses esprits. Herbert s'en alla à son tour sans qu'aucun des policiers lui prêtât attention. Tassé dans son fauteuil, les yeux dans le vague, marmonnant des mots qu'on n'entendait pas, McClostaugh offrait une si parfaite image de l'homme anéanti par un coup du sort que Samuel Tyler en fut bouleversé. Doucement, il appela :

— Chief...

Archie leva vers lui un regard chargé de toute la misère du monde et d'une voix creuse s'enquit :

— Constable Samuel Tyler, êtes-vous mon ami ?

— Oui, monsieur.

— Vous savez que le devoir d'un ami est de dire la vérité quelle qu'elle soit à celui qui a confiance en son jugement ?

— Oui, monsieur.

— Samuel Tyler, en votre âme et conscience, pensez-vous que je sois fou ?

— Certainement pas, monsieur.

— Vous êtes-vous déjà aperçu que je pouvais être en proie à des hallucinations auditives ?

— Jamais, monsieur.

— J'ai donc bien entendu cette grande cavale rousse m'annoncer que je serais pendu pour crime de trahison ?

— Indiscutablement, monsieur.

— Merci, Tyler... Allez nous chercher deux doubles whiskies, je crois que nous en avons besoin...

— Je le crois aussi, monsieur.

— Eh bien ! filez ! Qu'attendez-vous ?

— L'argent, monsieur.

— Samuel Tyler, j'ai le regret de vous dire que vous me décevez...

Et, mettant la main à sa poche, il ajouta :

— Réflexion faite, vous prendrez un double whisky pour moi et un simple pour vous... De toute façon, il est bon que la différence hiérarchique soit respectée.

Miss McCarthery se heurta à Andrew Lyndsay au moment où elle s'y attendait le moins. Elle coupait la rue menant à la gare quand elle le rencontra. Cela lui rendit le courage que sa scène avec le chief-constable avait quelque peu effiloché.

— Ah ! monsieur Lyndsay, je suis bien heureuse de vous voir !

— Mais... il en est de même pour moi, miss McCarthery.

— Je vous cherche depuis l'aube !

— Depuis l'aube ?

— Ou presque. Je suis allée à Kilmahog alors que vous veniez de le quitter. Je me suis rendue aux *Ancaster Arms* et j'y ai appris que vous étiez parti en compagnie de Messrs Cunningham et Ross.

— En effet. Figurez-vous qu'Allan a été appelé d'urgence à Edimbourg pour voir, ou plutôt auditionner, comme il dit dans son affreux jargon, une chanteuse pleine d'avenir, paraît-il, et qui est pour l'heure pensionnaire d'un cabaret *The Rose without thorns* et Ross l'a accompagné.

Imogène détesta cette chanteuse inconnue par la faute de laquelle elle ne verrait pas Allan de quelques jours, sans doute.

— Puis-je vous demander ce qui me valait l'honneur de votre visite à Kilmahog ?

— J'ai été victime d'un vol !

— Pas possible ! Que vous a-t-on dérobé ?

Elle hésita un instant, puis :

— Un bijou de famille auquel je tenais beaucoup.

— J'en suis navré pour vous, chère miss McCarthery.

— Et je connais mon voleur !

— Dans ce cas, tout me paraît facile à résoudre ?

— Non pas, car la police d'ici se fait son complice.

— Vraiment ?

A la dérobée, Lyndsay jeta un coup d'œil inquiet sur sa compagne.

— Ils prétendent que je n'ai pas de preuve !

— En avez-vous ?

— A la vérité, non : seulement des preuves morales.

— En justice, elles sont de peu de poids... Ma chère amie, je serais navré que cet incident fâcheux troublât vos vacances. Essayez de ne plus penser à cette pénible histoire et consolez-vous en regardant cette belle nature qui vaut tous les bijoux du monde.

Songez que dans la vie il y a tant de choses délicates auprès desquelles nous passons sans toujours les remarquer...

Ils s'étaient mis à marcher et Imogène sentit son cœur s'arrêter. Andrew Lyndsay faisait sûrement allusion à la tendresse qu'il lui portait et qu'il se désespérait de ne pas voir prendre en considération. D'une voix émue, elle demanda :

— L'amour, par exemple ?

Interloqué, il fut un temps avant de répondre :

— L'amour aussi, bien sûr...

— Vous ne semblez pas en être tellement convaincu ?

— Oh ! vous savez, à mon âge...

— Il n'y a pas d'âge pour aimer... A condition qu'on rencontre une personne avec laquelle on n'ait pas une trop grande différence...

Gêné, Lyndsay se contenta d'approuver :

— Oui, oui... ça ne fait pas de doute...

— Je comprends, cher monsieur Lyndsay, que lorsqu'on n'est plus un tout jeune homme, on puisse éprouver quelque appréhension à avouer un sentiment qui sied mieux à la jeunesse. Mais, croyez-moi, il ne faut pas avoir honte... Il importe de se dire que l'aveu qu'on n'ose pas murmurer a peut-être déjà été deviné...

Perdu, Andrew restait muet et Imogène enchaîna :

— Et surtout, il convient de ne pas désespérer, Andrew...

Rentrée chez elle, Imogène se surprit à chantonner, ce qui lui arrivait rarement. Il est vrai qu'il était non moins exceptionnel qu'un homme lui déclarât sa flamme, fût-ce avec autant de réticence et de timidité qu'Andrew Lyndsay. Au fond, l'Ecossaise s'avouait un peu déçue. Ne connaissant de l'amour que ce que Shakespeare en dit à travers ses héros passionnés, elle se figurait qu'une scène où un homme et une femme se confiaient leur attirance réciproque ne pouvait se dérouler que sur un balcon, à la rigueur sur le banc d'un square, mais toujours avec la nuit et la lune pour témoins et complices. Mais, enfin, il ne fallait pas trop demander.

Tout de même, elle aurait cru Andrew Lyndsay plus hardi. Heureusement qu'elle possédait de l'audace pour deux. Si heureuse, miss McCarthery en oubliait et le vol des documents et sa querelle avec les policiers ! Pour marquer ce beau jour, elle se jeta dans la cuisine et parce que les émotions augmentaient son appétit, elle se fit un *scotch broth* où la cuillère tenait droite comme une hampe veuve de son drapeau.

Ce fut dans l'euphorie d'une digestion paisible que la mémoire des événements désagréables lui revint. Elle se reprocha de s'endormir dans les délices d'un avenir paré des plus belles couleurs alors que sir David Woolish comptait sur elle et que le sort du Royaume-Uni dépendait peut-être de son énergie. Partant de ce principe que toute décision doit être prise dans le silence de la méditation, elle ferma les yeux pour mieux réfléchir et s'endormit presque aussitôt. Lorsqu'elle se réveilla, il était près de 19 heures, mais elle se sentait en pleine forme et appelait la bagarre de tous ses vœux. Mais contre qui ? Il apparaissait évident, désormais, qu'il ne fallait pas compter sur la police pour l'aider à venir à bout de cet éhonté Gallois. De son côté, sir Wardlaw lui avait fait comprendre qu'il tenait à demeurer en dehors de cette histoire. Vers qui se tourner ? Alors, de nouveau, elle pensa à celui que dans le secret de son âme elle appelait déjà son fiancé et s'en voulut de ne pas s'être montrée plus franche avec lui. Le vol d'un bijou le laissait indifférent, mais s'il apprenait qu'il s'agissait de plans intéressant la Défense nationale, ne considérerait-il pas l'aventure sous un tout autre angle ? Imogène avait confiance. Andrew était un gentleman et, maintenant, son protecteur naturel. Donc, elle lui devait la vérité. Sûrement il lui pardonnerait de lui avoir menti quand il saurait les nobles raisons de son mensonge, et, sans barguigner davantage, elle prit la route de Kilmahog.

Au *Cygne Noir*, on fit savoir à Imogène que Mr Lyndsay se trouvait dans sa chambre et qu'on allait le prévenir afin qu'il descende la rejoindre. Elle protesta qu'Andrew et elle se connaissaient depuis assez longtemps pour qu'elle pût se permettre de le rencontrer chez lui. Ayant obtenu le numéro de son appartement, elle fonça dans l'escalier sous les yeux scandalisés de Jefferson McPuntish, le proprié-taire, qui fut sur le point de la rappeler, puis haussa les épaules en se disant que cette dame avait sûre-ment atteint l'âge au-delà duquel la vertu devient une habitude de tout repos. Heureuse comme une gamine à l'idée de la surprise de Lyndsay, miss McCarthery frappa discrètement à la porte de celui qu'elle considérait déjà comme son mari. Une voix lointaine cria d'entrer. Elle poussa la porte et s'avança dans la pièce. De la salle de bains, Andrew demanda :

— Qu'est-ce que c'est ?

Imogène s'apprêtait à répondre lorsque ses yeux s'arrondirent tandis que sa bouche s'ouvrait pour une exclamation qui ne franchit pas ses lèvres : sur la table, devant elle, s'étalait l'enveloppe portant la souscription T-34 qu'on lui avait volée ! Intrigué par l'absence de réponse, Lyndsay apparut en pyjama et, à la vue de la visiteuse, sembla, lui aussi, frappé de stupeur ; puis, prenant conscience de l'inconve-nance de sa tenue, murmura :

— Excusez-moi !

Il rentra dans la salle de bains d'où il émergea quelques secondes plus tard, drapé dans une robe de chambre de soie grise.

— Miss McCarthery, si je m'attendais... !

C'est alors qu'il remarqua l'espèce de catalepsie qui paralysait la visiteuse. Inquiet, il s'avança :

— Qu'est-ce qui se passe ? Vous ne vous sentez pas bien ?

Sans répondre, Imogène montra l'enveloppe d'un doigt tremblant.

— Cette enveloppe ? On vient de l'apporter. Je ne sais qui l'a déposée au bureau de l'hôtel en déclarant que j'avais dû la perdre. Il paraît qu'on l'a trouvée sur le chemin de Kilmahog peu après mon passage. Mais, du diable si je comprends ce que cela signifie car elle ne m'appartient pas !

Délivrée de l'affreux soupçon qui lui taraudait la cervelle depuis qu'elle avait vu le précieux pli, miss McCarthery éclata de rire. Intrigué, Andrew l'observa, attendant une explication. L'exorde, cependant, lui fit faire la grimace :

— Cher Andrew ! Cette enveloppe est à moi ! C'est celle qu'on m'a dérobée...

— Mais ne parliez-vous pas d'un bijou ?

— Ne m'en veuillez pas, Andrew, je n'avais pas le droit de vous confier la vérité. Qu'il vous suffise de savoir que, sans vous en douter, vous me rendez mon honneur !

— Ah !... Eh bien ! vous m'en voyez ravi...

— Celui qui me l'a volée a dû la perdre et cela explique pourquoi il n'a pas quitté Callander sitôt après son larcin !

— Oui, oui...

Lyndsay, de plus en plus, semblait contempler Imogène de ce regard tout ensemble approbateur et apitoyé que prennent les gens face à quelqu'un qui extravague. Mais Imogène était trop contente pour prêter attention à l'attitude de son compagnon. S'emparant de l'enveloppe, elle annonça :

— Pardonnez-moi de vous quitter si vite, Andrew, mais il importe qu'elle soit remise au plus tôt à son destinataire...

— Ne voulez-vous pas patienter le temps que je m'habille pour vous accompagner ?

— Non, non ! Je vous ai assez dérangé comme cela ! A demain, mon cher, mon très cher ami... Je n'oublierai jamais ce que vous avez fait pour moi et vous êtes en droit de me demander tout ce que vous voudrez !

Lyndsay s'inclina, ce qui lui évita de répondre.

L'obscurité noyait les contours de la campagne au travers de laquelle miss McCarthery, folle de joie, regagnait Callander. Elle riait toute seule en songeant à sa revanche sur l'espion gallois qui devait fouiner dans tous les coins pour essayer de remettre la main sur les précieux documents. En arrivant à Callander, elle obliqua sur sa gauche afin d'éviter le village et atteindre directement les *Moors* où sir Henry Wardlaw la féliciterait de sa réussite. Elle pensa qu'il serait inutile de lui raconter les circonstances exactes de son triomphe, mieux valait se retrancher derrière un silence modeste qui permettrait à sir Henry d'imaginer d'héroïques actions dont il ferait part à sir David Woolish. En bonne Ecossaise, Imogène ne négligeait aucun bénéfice.

Miss McCarthery dépassait le boqueteau lui masquant les *Moors* lorsque, subitement, il lui parut que le ciel se précipitait à la rencontre de la terre ou, mieux, que la terre montait d'un seul coup vers la voûte nocturne. Elle n'eut pas le temps de réfléchir plus avant sur cet étrange phénomène, car elle s'évanouit, ignorant qu'elle venait d'être assommée.

5

Imogène ouvrit lentement les yeux et quand son esprit fut sorti de la gangue du sommeil, elle ne reconnut pas le décor familier de sa chambre. L'absence de sir Walter Scott sur le mur en face d'elle la rendait à la réalité : elle se trouvait bien sur un lit où elle venait de se réveiller, mais ailleurs que chez elle ! Malgré son âge, miss McCarthery restait très prude et elle se remémora les vilaines histoires entendues au cours de son existence et qui, toutes, avaient pour point de départ un mauvais homme qui abusait de l'innocence d'une jeune fille. Affolée — au point d'être incapable de raisonner et de se dire que, n'étant plus un tendron il y avait peu de chances pour qu'une pareille aventure lui soit arrivée et qu'en tout cas, si cela s'était produit, elle en garderait le souvenir — elle voulut sauter au bas du lit mais en fut incapable, des courroies lui attachaient les jambes au sommier et des menottes reliaient ses mains l'une à l'autre. La vue de ce dernier objet la poussa à se demander si, par hasard, elle serait en prison ? Mais jamais elle n'avait entendu dire qu'il y eût des fourneaux dans les prisons ; or, elle en voyait distinctement un dans le coin de la pièce dont le milieu était occupé par une table de bois blanc et deux chaises se faisant vis-à-vis. Une fenêtre donnait sur un dehors ensoleillé mais dont la captive ne pouvait rien apercevoir. Puis l'Ecossaise se rappela l'accident de la veille et réalisa, avec douze heures de retard, qu'on l'avait assommée, et probablement droguée. L'abominable Gallois devait la suivre et, informé qu'elle était de nouveau en possession des documents, il l'avait assaillie pour les lui reprendre. Et maintenant, enfermée dans une maison sans doute abandonnée, pieds et poings liés, elle allait mourir de faim. Cette perspective la désespérait à un tel point qu'elle ne put s'empêcher de pousser un hurlement qui lui rappelait la plainte des chiens sentant l'approche de la mort imminente. Le résultat en fut que la porte de la pièce s'ouvrit avec violence pour laisser passage à un espèce d'avorton qui se précipita vers la prisonnière et lui déclara, avec le plus atroce des accents cockney :

— Ça vous prend souvent ? Recommencez pas, car vous me foutez la frousse ! Si vous remettez ça, je vous colle un bâillon, compris ?

D'un élan, miss McCarthery s'assit sur sa couche. Du moment qu'elle se trouvait en présence de quelqu'un, elle retrouvait toute sa vitalité. Elle en donna une preuve immédiate à son geôlier :

— Dites donc, espèce de méprisable individu, de quel droit me séquestrez-vous ? C'est un coup à vous conduire à la potence, ça, mon garçon !

L'autre ricana :

— Taisez-vous, poupée, je sens que je vais pleurer !

Jamais encore on ne s'était permis de traiter Imogène McCarthery de poupée. Elle en reçut un choc.

— Je ne suis pas votre poupée et je vous conseille de vous montrer un peu plus respectueux à mon égard, espèce de sale petit Anglais !

— Et moi, je vous conseille de la fermer, et vivement, si vous voulez pas ramasser une baffe sur votre museau d'Ecossaise !

La querelle devenait patriotique. Une descendante des McGregor ne pouvait s'en laisser imposer par de la graine de voyou venue sans doute tout droit de Whitechapel.

— Vous avez bien fait de m'attacher solidement,

parce que je vous aurais montré comment nous traitions les Anglais jadis en Ecosse !

Le bonhomme se mit à rire.

— Au fond, vous êtes marrante, sacrée grande rouquine ! Votre Jules, il doit pas s'embêter avec vous !

Cette familiarité déplut extrêmement à Imogène. D'un air pincé, elle répondit qu'elle ne connaissait pas de Jules. L'autre, apitoyé, remarqua :

— C'est pas possible que vous en traîniez une pareille brouette ! Votre Jules, c'est votre type, votre homme, quoi !

— Je ne suis pas mariée !

— C'est ça qui vous monte au ciboulot, ma cocotte ! J'en ai connu des comme vous, elles ont fini à l'asile !

— Vous, c'est à la potence que vous finirez !

— Vous vous répétez, chérie ! Si vous vous tenez peinarde, j'ai ordre de vous relâcher ce soir, à la nuit tombée.

— Pour que votre chef ait eu le temps de filer, n'est-ce pas ?

— Pour votre santé, vous feriez mieux de ne pas vous mêler de ça... C'est Jimmy qui vous le dit !

Peut-être, après tout, ce garçon n'était-il pas aussi pourri qu'il en avait l'air ? Imogène essaya une autre tactique :

— Jimmy... je pourrais être votre sœur aînée...

— Vous pourriez même être ma mère !

Miss McCarthery jugea cette réflexion des plus déplacées. Mais peut-on attendre de ces gens-là qu'ils aient du tact ?

— ... Et c'est pour ça que je tiens pas à vous faire du mal. Vous avez qu'à promettre de rester sage et on s'entendra bien tous les deux jusqu'à ce soir. D'accord ?

Imogène hésita à s'engager, mais avec un ennemi qui l'avait attaquée lâchement par-derrière, elle serait bien sotte de se soucier de ses propres promesses.

— D'accord !

— O.K ! Et, pour vous prouver que j' suis un bon gars, je vais vous préparer un casse-croûte. Qu'est-ce que vous diriez de bons petits œufs au bacon, hein !

— Je dirais qu'ils seraient les bienvenus.

— Alors, mignonne, vous allez comprendre pourquoi on raconte que Jimmy est le roi des œufs au bacon !

Le gringalet s'en fut chercher une bassine pleine d'œufs et un énorme morceau de lard fumé qu'il soupesa avec satisfaction.

— Y a de quoi faire ! Il s'est pas foutu de nous, le patron !

Il posa son chargement sur la table, prit un pot de saindoux, puis s'empara d'une poêle dont les dimensions impressionnèrent Imogène. On aurait pu y mettre cuire une douzaine d'œufs au plat. Jimmy y jeta un énorme morceau de graisse et la plaça sur le feu, qu'il activa. Miss McCarthery ne put s'empêcher de remarquer :

— Trop vite !

— Vous occupez pas !

Dans le saindoux bouillant, il déposa les tranches de lard qu'il coupait avec un couteau de boucher.

— Vous les faites trop épaisses !

— Me cassez pas les pieds, l'Ecossaise !

Le lard commença à griller et une fumée âcre emplit la pièce. D'un air dégoûté, Imogène remarqua :

— Ça ne me surprend pas que les Anglais n'aient aucun goût, s'ils cuisinent tous comme vous !

Excédé, le geôlier se tourna vers elle :

— Vous allez la boucler, oui ?

Il se mit à casser les œufs et jura parce que, dans son énervement, le jaune de l'un d'eux creva. Miss McCarthery fit entendre un gloussement ironique qui acheva d'enrager Jimmy.

— C'est de votre faute ! Si vous me fichiez la paix...

— Les incapables affirment toujours que leur échec est imputable aux autres...

Hors de lui, Jimmy ouvrit la fenêtre et, prenant la poêle, en jeta le contenu dehors, puis la reposant sur le fourneau :

— Faites-les donc, vous, puisque vous êtes si maligne !

— Ce serait avec plaisir, mais on ne m'a pas appris à préparer des *eggs and bacon* les mains liées et les pieds attachés.

L'autre hésita, puis se décida.

— Bon, je vais vous détacher.

Il empoigna le couteau de cuisine.

— ... Mais je vous avertis, je garde cet outil dans la main et, au moindre mouvement suspect, je vous le plante dans le dos !

— Charmante perspective !

Jimmy défit les liens qui immobilisaient Imogène. Celle-ci se massa les poignets et les chevilles. Quand elle fut debout, le garçon recula d'un pas, l'œil mauvais, serrant le manche du coutelas. Miss McCarthery commença par réduire le feu, tout en commentant :

— Il est nécessaire que la chaleur ne soit pas trop vive pour éviter que tout brûle... Maintenant, je laisse fondre un peu de saindoux...

Collé à elle, Jimmy ne la quittait pas d'un pouce. Imogène feignait de ne pas s'en soucier.

— Si vous voulez bien couper du bacon en tranches aussi fines que possible ?

Il lui ordonna de s'asseoir, pour avoir le temps de lui sauter dessus si elle tentait de se lever pendant qu'il découpait le lard. Imogène plongea le bacon dans la graisse chaude, puis, avec précaution, cassa quatre œufs sur les tranches de lard soigneusement retournées. Comme hypnotisé, Jimmy la regardait opérer.

— Vous y tâtez, on peut pas dire le contraire !

Miss McCarthery savait que le moment était venu de jouer sa chance. Mentalement, elle appela à son secours les ombres de tous les paladins des Highlands, puis, se reculant légèrement, elle prit la queue de l'énorme poêle à deux mains en disant d'une voix qu'elle s'efforçait de maîtriser :

— C'est maintenant le plus difficile !

Intéressé, Jimmy observait de près cette méthode écossaise qu'il ignorait. Alors, d'un élan de tout son corps, Imogène jeta le contenu de la poêle au visage

du gringalet qui, sous la brûlure, poussa un hurlement de douleur. Lâchant son couteau, il porta vivement les mains à sa figure engluée. Imogène ne perdit pas de temps et, rassemblant ses forces, elle
éleva très haut la poêle au-dessus de sa tête pour
l'abattre avec un han ! de bûcheron sur le crâne de
Jimmy qui s'écroula le nez sur le sol sans un gémissement. Hébétée, l'Ecossaise le contempla étendu à
ses pieds. Se reprenant, elle fouilla ce qu'elle tenait
pour un cadavre afin de voir si, par hasard, il n'avait
pas la fameuse enveloppe sur lui, mais sans se faire
beaucoup d'illusions. Jimmy ne possédait même pas
de papiers. En se redressant, son regard se porta
vers la fenêtre et elle s'immobilisa en apercevant
Herbert Flootypol, le Gallois, un revolver à la main,
qui s'approchait de la pièce où elle se trouvait,
rasant les murs. Miss McCarthery fut sur le point de
perdre son sang-froid et de se remettre à hurler de
terreur, mais comme elle était femme de ressources,
elle reprit la poêle qu'elle serra convulsivement
entre ses mains, se colla contre le mur au moment
où le visiteur mettait la main sur le loquet de la
porte, décidée à se défendre farouchement. Levant
l'ustensile le plus haut possible, elle attendit, le
regard brillant, la bouche serrée. Elle n'était plus du
tout miss McCarthery, sténodactylographe de l'Amirauté, mais la fille des Highlands qui, pour défendre
le clan menacé, la « claymore » d'une main, le
« dirk » de l'autre, s'apprêtait à se battre jusqu'au
dernier souffle. Par la suite, lorsqu'on l'interrogea
sur ce qui s'était passé à ce moment-là, Herbert
Flootypol avouait avoir cru qu'en ouvrant la porte le
plafond lui tombait sur le crâne en deux fois. Il se
montra extrêmement mortifié lorsqu'il apprit que le
premier coup, lui enfonçant son melon jusqu'au
menton, devait être imputé à la violence avec
laquelle Imogène lui abattit la poêle sur la tête et
que le second, qui le jeta au sol inanimé, relevait de
la conscience professionnelle de miss McCarthery,
habituée à finir ce qu'elle entreprenait. Pendant
qu'Herbert Flootypol flottait dans une nuit épaisse,
Imogène, les nerfs brisés, raidie d'angoisse en face
de ces deux corps grotesquement étalés à ses pieds,

abandonna son arme et, telle une biche qui for-
longe, s'enfuit en galopant.

Quand le service l'obligeait à rester au bureau, où
il n'avait naturellement rien à faire, Tyler — lorsque
le temps le permettait — s'installait à califourchon
sur une chaise placée sur le trottoir et, les bras croi-
sés sur le dossier, regardait défiler les passants tout
en fumant sa pipe. Ce n'était pas très réglementaire,
bien sûr, et un inspecteur pointilleux eût trouvé à
redire à cette image trop bon enfant que Samuel
donnait de la police de Sa Gracieuse Majesté, mais
à Callander, on vivait un peu en dehors du monde.
Au surplus, ce poste dans la rue lui permettait de
bavarder avec ceux de ses amis — et tout le village
se flattait de l'amitié du vieux constable — qui traî-
naient par là et d'être ainsi tenu au courant des événements et incidents sans avoir à se déranger.
Ce fut dans cette quiétude délicate qu'Imogène fit
irruption sans la moindre retenue. Tyler, qui s'imaginait à l'abri de toutes les surprises, qui se croyait
doué d'un flegme à toute épreuve, lâcha sa pipe,
dont le tuyau se brisa sur le trottoir, et resta positi-
vement paralysé sur sa chaise en voyant apparaître
une miss McCarthery dépeignée, le visage marqué
de taches de suie, le corsage fripé, les bas pleins
d'accrocs. Avant qu'il eût repris une claire notion
des choses, l'Ecossaise avait disparu dans le bureau
de police. Renversant sa chaise, manquant de s'étaler sur le sol, Samuel se précipita à sa suite.
Décidé à en finir avec les « noirs », Archibald
McClostaugh tentait avec les « blancs » un gambit à
la reine pour dégager le jeu et créer les conditions
nécessaires à une offensive victorieuse lorsque
Imogène enfonça presque la porte de son bureau.
Archie fit un bond sur place et, une fois de plus, les
pions de son échiquier s'emmêlèrent dans une chute
quasi générale. Epouvanté, le chief-constable
contemplait l'effroyable spectacle qu'offrait sa visiteuse et Samuel, qui suivait cette dernière, entendit
son supérieur pousser un gémissement qui tenait
tout ensemble du râle et du sanglot et où il crut discerner un « non ! non » désespéré.

Campée devant le bureau de McClostaugh, Imogène annonça :

— Archibald McClostaugh, je viens de tuer deux hommes !

Le chief-constable eut l'impression que les murs de son bureau se rapprochaient, tandis que le plafond descendait vers lui ; en bref, il faillit s'évanouir. Trop ému pour articuler un mot, il fit sienne l'interjection incrédule de Samuel :

— Hein ?

Froidement, comme si elle relatait un accident des plus ordinaires, miss McCarthery répéta :

— Archibald McClostaugh, je viens de tuer deux hommes dans la petite maison abandonnée sur la route de Kilmahog, où logeaient autrefois les époux Bannister.

Le chief-constable retrouva enfin sa respiration et, du même coup, cette fureur l'agitant sitôt qu'il se trouvait en présence de l'Ecossaise.

— Et qu'est-ce que vous y fichiez, dans cette maison ?

— J'y étais séquestrée !

— Miss McCarthery, n'avez-vous donc aucun autre moyen de vous distraire que de venir embêter deux honnêtes serviteurs de la Couronne avec des histoires à dormir debout ?

— Parce que vous ne me croyez pas ?

— Non, je ne vous crois pas ! Enfin, par les tripes de Lucifer, qui pourrait bien avoir l'idée de vous séquestrer ?

— Herbert Flootypol, que vous avez abusivement relâché !

— Mais pourquoi, grand Dieu ?

Imogène, qui ne tenait pas à mettre ces croquants au courant de son activité secrète, se réfugia dans le sous-entendu.

— Vous ne devinez pas ?

Archie resta un moment sans répondre, puis son visage s'éclaira.

— Voudriez-vous insinuer que... ?

Alors, il partit d'un formidable éclat de rire qui scandalisa fort miss McCarthery. Pleurant de joie, Archie reprit :

— Alors, comme ça, vous exercez des ravages dans le cœur des estivants ?

— Archibald McClostaugh, vos plaisanteries sont dignes de l'imbécile et grossier personnage que vous êtes !

— Ouais... et alors, ils vous ont attaquée à deux ?

— Exactement, mais l'un après l'autre !

Le chief-constable en hoquetait, perdu dans un fou rire qui lui coupait le souffle et Tyler avait toutes les peines du monde à garder son sérieux, pensant au cher capitaine qui avait trop bu de whisky avant de mettre au monde une fille qui payait par un dérangement mental les excès de son papa.

— Vous entendez, Samuel ? Les satyres des Highlands se sont donné rendez-vous à Callander pour abuser de cette chère miss McCarthery !

Reprenant son sérieux, il continua :

— Vous devriez voir un spécialiste, miss... Ça se soigne très bien, ces histoires-là, vous savez ?

— Mais puisque je vous dis que je les ai abattus tous les deux !

— D'accord, vous les avez tués... Quoi de plus normal, de plus naturel, hein ! Tyler ? Et me permettrais-je de vous demander avec quelle arme vous avez commis ces deux meurtres ?

— Avec une poêle !

— Pardon ?

— Une poêle à frire !

— Une... mais comment donc ! Une poêle à frire, connaissez-vous quelque chose de plus meurtrier, Samuel ? Miss McCarthery, le Dr Jonathan Elscott est un très bon médecin et si vous le désirez, je puis lui téléphoner...

Imogène se sentait extraordinairement calme. Les sarcasmes du chief-constable ne la touchaient pas, car elle savourait d'avance la confusion de son adversaire quand il se trouverait en présence des deux cadavres. D'une voix paisible mais ferme, elle remarqua :

— Vous devez, sans doute, passer pour un humoriste de qualité parmi les vachers des campagnes environnantes, Archibald McClostaugh, mais, pour vous rendre compte si je mens ou si je dis la vérité, le plus simple ne serait-il pas de m'accompagner jusqu'à la maison abandonnée des Bannister ?

— Et vous pensez que je n'ai pas autre chose à faire dans la vie qu'à me plier aux caprices de demoiselles qui ne paraissent pas jouir de tout leur bon sens ?

— Votre partie d'échecs attendra bien un moment ?

Archie se mordit les lèvres.

— Samuel, mon vieux, filez là-bas avec elle... Peut-être qu'ensuite, elle décidera de nous laisser tranquilles ?

Les gens de Callander commentèrent selon leur humeur particulière le passage de Tyler et de la fille du capitaine de l'armée des Indes. Ce fut surtout la tenue d'Imogène qui frappa l'opinion. Mais personne n'osa emboîter le pas au couple suscitant la curiosité du village tout entier.

A mesure qu'on approchait de la maison Bannister, Tyler ne manquait pas d'être impressionné par l'assurance de sa compagne. Et si elle avait dit vrai ? S'il allait se trouver en présence de deux cadavres ? Quelle histoire ! et quels embêtements en perspective ! Elle aurait bien mieux fait de rester à Londres, cette Imogène, qui, depuis son arrivée à Callander, ne cessait de défrayer la chronique. Ils pénétrèrent avec de multiples précautions dans la demeure et, dans la cuisine, Imogène fut bien obligée de se rendre à l'évidence : si le lit, le fourneau, la table étaient encore là, il n'y avait pas plus de cadavres que dans le bureau d'Archibald McClostaugh. Vexée, humiliée, elle ne put que dire :

— Pourtant, je suis sûre...

Mais, en voyant le regard apitoyé que Samuel Tyler fixait sur elle, les mots restèrent dans sa gorge et elle fondit en larmes. Le constable lui tapota paternellement l'épaule :

— Allons, miss, allons... Ce sont des choses qui arrivent... Il ne faut pas vous frapper... Quelques jours de repos au grand air et vous verrez que tout se remettra en place... Vous redeviendrez semblable à ce que vous étiez avant... Nous ne parlerons plus de cette histoire... Je vais vous raccompagner.

Miss McCarthery se laissa conduire chez elle sans protester. A quoi bon ? Elle remercia Tyler de son amabilité et accepta l'infusion calmante que Mrs Rosemary Elroy lui proposait. Quant au chief-constable, lorsque son subordonné lui eut fait son rapport, il poussa un soupir :

— Pauvre fille... Croyez-vous vraiment que ce soit le célibat qui lui mette ainsi la tête à l'envers ? En tout cas, Samuel, en rentrant chez vous, je pense que vous feriez bien de passer chez le docteur Elscott pour le prier de rendre visite à miss McCarthery ; il nous dira si elle risque de devenir dangereuse ou non.

Après avoir dormi deux ou trois heures, Imogène se réveilla fraîche et dispose, car il en fallait vraiment davantage pour abattre une Ecossaise dans les veines de laquelle coulait le vieux sang des McGregor. A la cuisine, elle trouva Mrs Elroy et il lui sembla que celle-ci la regardait d'un drôle d'air.

— Quelque chose qui ne va pas, Mrs Elroy ?

La femme de charge, occupée à nettoyer la vaisselle de la veille, posa soigneusement l'assiette qu'elle tenait à la main et le torchon dont elle se servait, avant de répondre :

— Miss Imogène, je n'étais pas encore tout à fait une jeune fille lorsque Mrs McCarthery m'a demandé de venir l'aider à tenir sa maison et c'est comme ça que je vous ai vue venir au monde. Lorsque le ciel priva votre père d'une compagne fidèle et dévouée, c'est moi qui, dans la mesure de mes moyens, ai tenté de combler le vide que creusait la disparition de votre pauvre maman. Pendant des années, j'ai fait ce que j'ai pu pour que le capitaine McCarthery soit respecté dans Callander et que sa fille ressemble à une demoiselle comme il faut. J'ai attendu que le capitaine McCarthery soit allé rejoindre sa chère épouse et que vous vous trouviez en âge de vous débrouiller seule pour dire « oui » à Léonard Elroy qui m'avait demandé ma main dix ans plus tôt. Eh bien ! permettez-moi de vous affirmer, miss Imogène, qu'une existence aussi honnête que la mienne mérite le respect !

Un peu surprise — quoiqu'elle connût bien le caractère de Rosemary, avide de respectabilité — Imogène assura qu'elle partageait l'opinion de la vieille femme. Mais celle-ci ne s'en laissa pas conter ; elle tenait à sa plainte.

— Miss Imogène, laissez-moi vous faire remarquer que ce n'est pas me témoigner la considération à laquelle j'ai droit que de rentrer dans l'état où vous étiez ce matin et raccompagnée par un constable !

— Mais il s'agissait de Samuel Tyler ; vous l'avez bien reconnu, tout de même ?

Mrs Elroy prit un air pincé.

— Naturellement, que je l'ai reconnu, et ça m'était d'autant moins difficile qu'il est le seul constable du pays ! Il n'empêche qu'une personne comme il faut ne regagne pas sa demeure en compagnie d'un policier et dans une tenue qui pourrait faire croire qu'on l'a ramassée sur le seuil du *Fier Highlander* ! Au surplus, le lit n'était pas défait...

— Je n'ai pas couché ici.

— Ce sont peut-être les mœurs d'aujourd'hui, mais vous devez comprendre, miss Imogène, que je ne suis plus assez jeune pour me faire à de pareilles habitudes qui, de mon temps, auraient tout de suite classé celle qui s'en serait rendue coupable !

— Si vous saviez ce qui m'est arrivé !

De plus en plus glaciale, Mrs Elroy affirma péremptoirement qu'elle ne tenait pas à le savoir et, pour bien marquer qu'elle considérait la conversation comme irrévocablement terminée, elle se mit à siffler faux : *Mon cœur est dans les Highlands*...

Imogène regagna son living-room, amusée et, en même temps, un peu inquiète, car Mrs Elroy était réputée pour sa mauvaise langue et elle ne tenait pas à ce qu'elle jetât de doutes sur sa réputation ; les échos pourraient en venir aux oreilles d'Andrew Lyndsay et influencer ses sentiments. Pauvre Andrew, qui devait être occupé à pêcher dans le loch Vennachar, sans se douter le moins du monde que sa fiancée avait failli passer de sa vie à trépas...

Tout en prenant son thé de l'après-midi, Imogène

se demandait comment elle allait s'y prendre pour tenter de récupérer les documents une fois de plus envolés lorsque Mrs Elroy, avant de rentrer chez elle, lui remit une lettre que le facteur venait d'apporter. Elle attendit un moment, dans l'espoir qu'Imogène lui dirait de qui émanait cette missive et ce qu'elle renfermait, mais comme Imogène ne semblait pas du tout sur le point de se laisser aller aux confidences, elle lui souhaita un bonsoir très sec et se retira, décidée à passer sa mauvaise humeur sur Léonard Elroy, que les rhumatismes attrapés dans ses fonctions de garde-pêche clouaient sur un fauteuil et mettaient à sa merci.

La lettre était de Nancy Nankett, qui affirmait à son amie n'avoir rien compris à ce qu'elle lui avait écrit. En quoi pouvait-elle bien être déshonorée ? Est-ce que cela avait un rapport avec ce mystérieux amoureux auquel elle faisait allusion ? La pauvre Nancy déclarait ne plus savoir quoi penser et priait Imogène de lui envoyer un mot pour la rassurer et lui dire un peu plus clairement ce qui se passait.

Apitoyée, miss McCarthery haussa les épaules. Cette petite Nancy se révélait très affectueuse, mais le sang anglais que son père avait mis dans ses veines la rendait de compréhension plus que lente. Allons, il fallait mettre les points sur les « i » pour que Nancy n'aille pas se faire des idées. Aussitôt, en personne qui ne remet jamais à plus tard ce qu'elle peut entreprendre à l'instant même, Imogène prit son bloc et son stylo, puis, de sa grande écriture anguleuse, commença :

Très chère Nancy.

Depuis mes dernières nouvelles, les événements se sont précipités. J'ai été assommée, enlevée, séquestrée et j'ai passé la nuit attachée sur un lit... Evidemment, je tremble un peu pour ma réputation, mais je veux quand même espérer que cela n'arrêtera pas de beaux projets... Il se montre très timide (ce qui m'étonne de la part d'un homme de son âge et de sa situation) et n'ose m'avouer franchement sa tendresse. Heureusement que je suis intuitive et qu'il n'est nul besoin que les choses soient clairement exprimées pour que je les

entende. Je n'ai pas encore osé lui dire que j'étais
déshonorée parce que j'espère que tout s'arrangera très
rapidement. Vous me connaissez, Nancy chérie, et
savez que je ne suis pas femme à m'avouer vaincue...

Le tintement de la clochette de la porte d'entrée fit
sursauter Imogène, arrachée à ses confidences. Qui
venait la voir ? Tout de suite, elle pensa à Andrew,
mais résolue désormais à ne plus être prise au
dépourvu, elle empoigna son revolver avec fermeté
avant de descendre. Alors qu'elle mettait la main sur
la poignée de la porte, elle réalisa que, si un ennemi
s'apprêtait à lui sauter dessus, elle serait en mauvaise posture pour se défendre. Aussi, reculant d'un
pas et braquant son arme en direction de celui qui
allait apparaître, elle cria :
— Entrez !
Le Dr Elscott fit un remarquable saut en arrière
lorsqu'il se trouva en face du revolver d'Imogène.
Quant à cette dernière, elle était trop surprise par
cette visite inattendue pour réaliser l'incongruité de
la situation. Le médecin chevrota, montrant l'arme :
— Il... il est char... chargé ?
Imogène abaissa le revolver.
— Entrez, entrez, docteur, et excusez-moi, mais je
suis obligée de prendre certaines précautions.
— Je vois.
Tandis qu'il pénétrait dans le living-room,
Jonathan Elscott se promit de remercier Archibald
McClostaugh et Samuel Tyler pour la mission dont
ils l'avaient chargé. De son côté, Imogène se deman-
dait à quoi rimait la visite du médecin que son père
détestait parce qu'il voulait l'empêcher de boire avec
cette obstination zélée des jeunes débutants, elle-
même, d'ailleurs, ne l'estimait guère, car l'histoire
racontait qu'il était un descendant du clan des
McLeod, depuis toujours rivaux acharnés des
McGregor.
— Vous offrirai-je quelque chose, docteur ?
— Si vous aviez un peu de whisky ? Vous m'avez
donné une certaine émotion et je ne me sens pas tellement bien, pour ne rien vous cacher.
En allant chercher la bouteille de scotch et deux

verres, Imogène souriait, triomphante : une fois de plus, les McGregor l'emportaient sur les McLeod ! Elle attendit que son hôte ait bu et repris des couleurs pour s'enquérir :

— Qu'est-ce qui me vaut le plaisir de votre visite, Dr Elscott ?

— Archibald McClostaugh m'a appris qu'il vous était arrivé des ennuis...

Miss McCarthery l'interrompit sèchement.

— Ce qui m'est arrivé ne regarde que moi.

— Ah !... Votre santé ne vous cause pas de soucis ?

— En aucune façon !

— Ah... Vous ne tenez pas à ce que je vous examine ?

— Et pourquoi m'examineriez-vous ?

— J'avais cru comprendre...

— Ce ne peut être qu'un malentendu... Cet imbécile de chief-constable fait du zèle ! D'ailleurs, celui-là, il entendra parler de moi et je dirai deux mots à son sujet...

— Ah !... Vous... vous avez beaucoup d'influence à Londres ?

— Mon Dieu ! dans certains milieux importants, on veut bien tenir compte de mon opinion.

— Ah !... Vous êtes employée de bureau, je crois ?

— A l'Amirauté... mais dans un service spécial où les fonctions occupées ne sont souvent qu'une façade.

— Ah !...

Il finit son verre, puis :

— Dites-moi, miss McCarthery, vous lisez beaucoup ?

— Pardon ?

— Je vous demande si vous lisez beaucoup ?

— Assez, oui, mais pourquoi cette question ?

— Et quel genre de livre a votre préférence ?

— L'histoire...

— Les romans d'espionnage ?

— Aussi...

— Ah !... Vous allez souvent au cinéma ?

— Une fois par semaine, en général, mais, franchement, docteur, je ne vois pas...

— Prisez-vous particulièrement les films héroïques ?

— J'avoue qu'en effet ils ne me déplaisent pas.

— C'est ça... C'est ça... Tout s'explique... Je me doutais bien...

— Enfin, docteur, m'expliquerez-vous ?

— Une dernière question, miss... Lorsque vous êtes seule dans votre appartement de Londres, ou ici même, est-ce qu'il vous arrive... comment dirais-je ?... d'entendre... comment dirais-je ?... des voix ?

— Des voix ?

— Enfin... de croire que quelqu'un vous parle, alors qu'il n'y a personne... Pour vous charger de faire quelque chose, par exemple une action d'éclat ?

Imogène se demandait si Jonathan Elscott se moquait d'elle avec ses questions idiotes, quand, tout d'un coup, elle comprit qu'il essayait de démontrer qu'elle était folle ! McClostaugh avait dû l'endoctriner.

— Et les fantômes, y croyez-vous ? Tenez, dans cette pièce où nous bavardons amicalement, voyez-vous quelque chose d'extraordinaire ?

Miss McCarthery se dressa d'un bond, gonflée de courroux au point d'avoir mal à articuler les premiers mots se pressant sur ses lèvres.

— Oui, je vois quelque chose d'ahurissant ! Je vois une espèce de sale petit médecin qui essaie de me jouer le plus vilain tour que l'esprit tortueux d'un McLeod ait jamais inventé ! Une espèce de sale petit médecin à qui je vais montrer de quel bois je me chauffe !

Jonathan Elscott poussa une sorte de glapissement et, à toute vitesse, gagna la porte, raflant son chapeau au passage. Il ne se souvint jamais par la suite comment il avait pu, en quelques secondes, sauter de son fauteuil, courir dans l'entrée, ouvrir la porte, traverser le jardin et se retrouver dans sa voiture le pied sur l'accélérateur. Mais il affirmait, à tous ceux qui voulaient l'entendre, qu'il n'oublierait jamais le rire hystérique de miss McCarthery, qui lui donnait encore des frissons.

6

Le lendemain, Imogène se leva, prête à reprendre la lutte. Elle éprouvait bien quelque amertume en constatant que sir Henry Wardlaw ne lui donnait pas signe de vie, mais il l'avait prévenue : elle ne devait pas compter sur lui, il attendait simplement qu'elle menât sa mission à bien.

Lorsqu'elle fut prête à sortir, miss McCarthery décida d'effectuer une longue promenade qui lui éclaircirait les idées et la pousserait à décider où et de quelle façon elle lancerait sa contre-attaque.

L'air était d'une douceur merveilleuse. Marcher s'avérait un plaisir vivifiant et Imogène respirait à pleins poumons la brise chargée des salubres odeurs de la lande. Tout concourait à amollir le cœur de cette robuste fille à qui la fraîcheur du matin insufflait de romantiques idées. Elle se résolut à gagner le loch Vennachar, pour s'asseoir un moment sous ses ombrages un peu en amont de l'endroit où la Teith sort du loch. Peut-être espérait-elle y rencontrer Andrew Lyndsay et l'entendre enfin lui dire sa tendresse. La perspective d'un avenir matrimonial fit songer Imogène aux occasions perdues de sa jeunesse. Elle revit Harry Crumpcket, lieutenant au Coldstream Guards, qui, deux années durant, lui avait fait la cour jusqu'au jour où le capitaine McCarthery avait sommé sa fille de choisir entre lui et son amoureux. Imogène avait beaucoup pleuré, mais elle était si habituée à tenir son père pour l'astre de sa vie qu'elle avait congédié Harry, devenu depuis colonel et père de cinq enfants. Deux autres prétendants — James et Philip — l'un petit propriétaire terrien, l'autre professeur, avaient dû, eux aussi, renoncer devant l'égoïsme de McCarthery. Devenue orpheline, Imogène avait manqué de convoler en justes noces avec un certain Harry Bowland, clerc de notaire à Londres. Ils s'étaient connus à un concert de l'*Albert Hall*, que dirigeait sir Thomas Beecham. Ils étaient sortis souvent ensemble, et avaient découvert que leurs goûts coïncidaient, sauf sur un point : Bowland s'affirmait aussi farouchement anglais que miss McCarthery se voulait écossaise. La rupture avait eu lieu sur le terrain de Twickenham, où, de compagnie, ils assistaient à la rencontre de rugby Angleterre-Ecosse, comptant pour le tournoi des Cinq Nations. Ce jour-là, Bowland portait une rose à sa boutonnière, tandis qu'Imogène avait épinglé un chardon au revers de son tailleur. Ils s'étaient montrés, l'un et l'autre, à peu près impartiaux pendant la première mi-temps du match mais les choses s'étaient gâtées lorsque le demi de mêlée écossais avait été pénalisé pour brutalité et que cette sanction avait permis à un avant de la Rose de tenter et de réussir un drop-goal. Imogène ayant remarqué aigrement que l'arbitre gallois avait dû être acheté par les Anglais. Bowland avait répliqué que ces rustres d'Ecossais essayaient de compenser par la brutalité leur infériorité technique. Ce furent les dernières paroles qu'ils échangèrent. L'Ecosse ayant été finalement battue, miss McCarthery était rentrée seule à Chelsea. Doués tous deux d'un abominable caractère, ils s'étaient cantonnés mutuellement sur leur quant-à-soi et ne s'étaient jamais revus.

Miss McCarthery atteignit l'extrémité du loch Vennachar sans rencontrer Lyndsay. Elle s'enfonça dans les bois et s'approcha du bord de l'eau dont la limpidité s'accordait avec son état d'âme. Telle une amoureuse de lord Byron, elle s'assit sur le rivage et regarda le courant assez fort à cet endroit-là. Elle s'imaginait faire preuve d'originalité en y voyant le symbole de sa propre existence et, pour son plaisir, elle se récita tout un poème de Robert Burns, qu'elle tenait pour le seul poète authentique de la civilisation occidentale. Elle venait de buter sur un vers dont un mot lui échappait lorsqu'elle éprouva l'impression d'être épiée. Se retournant brusquement, elle eut le temps de surprendre une silhouette qui se dissimulait derrière les arbres. Finie la poésie ! Terminé le lyrisme ! Et comme Robert Bruce, au moment de déclencher l'assaut contre les Anglais à Bannockburn, elle se dit que le temps des chansons était passé et qu'il importait maintenant de se battre, et de se battre bien. Elle se redressa avec le moins de bruit possible. Elle n'avait pas peur. Au contraire, elle remerciait le ciel de lui envoyer son ennemi, car, pour aussi rapidement qu'il eût disparu, elle avait pu reconnaître le melon de Flootypol, l'espion gallois. Elle résolut d'opposer son intelligence à sa ruse. Maudissant une fois de plus son insouciance qui lui avait fait négliger d'emporter son revolver, elle ramassa un solide bâton et, partant en sens inverse de son arrivée, elle espéra contourner l'ennemi et l'assaillir par-derrière.

Miss McCarthery, se rappelant les jeux de son enfance, avançait en prenant le maximum de précautions, étouffant le plus possible l'écho de sa marche, évitant de faire craquer le bois sec. Elle ne savait plus très bien si elle s'amusait ou non, mais le fait est que cette nouvelle aventure ne lui déplaisait pas. Elle arriva ainsi à une langue de terre qui se prolongeait sur l'eau en un cap minuscule. Tout passage se révélait impossible et, pour franchir cet obstacle, Imogène devait se suspendre aux branches surplombant le courant, tout en gardant un léger point d'appui par l'extrémité de ses chaussures. Elle se lança avec impétuosité et la branche à laquelle elle se cramponnait cassa net. Miss McCarthery n'eut que le temps de jeter un cri angoissé avant de tomber à l'eau, où elle fut immédiatement entraînée. Aussitôt, le hallier se creusa sous une charge puissante et Flootypol apparut. Pour mieux voir, il se risqua sur le cap miniature, en ayant la malencontreuse idée de s'accrocher à ce qui restait de la branche cassée par Imogène, et c'est ainsi que le Gallois rejoignit l'Ecossaise dans le loch.

Ce jour-là était celui du repos hebdomadaire du constable Samuel Tyler. Ainsi qu'il en décidait chaque fois qu'il se trouvait en congé, le policier s'en fut à la pêche. Il excellait dans ce sport au même titre que son supérieur hiérarchique aux échecs. Le constable passait pour l'une des plus fines gaules de la région et les jeunots comme les vieux ne craignaient pas de lui demander des conseils, ce dont Samuel Tyler tirait une vanité sans limites. On savait qu'il appâtait d'une manière spéciale et que les vers frétillant sur ses hameçons avaient subi une préparation dont il gardait jalousement le secret. Les plaisantins affirmaient qu'il faisait mariner ses asticots dans le whisky et qu'ils répandaient alors un parfum auquel des poissons écossais ne pouvaient rester insensibles.

Laissant aux novices et aux villégiateurs le soin de se promener en barque sur le loch dans la certitude que les plus belles prises ne pouvaient réussir qu'en eau profonde, Samuel Tyler se plaçait près de l'endroit où la rivière Teith sort du loch Vennachar, sachant que le poisson qu'il recherchait aimait ces eaux agitées.

Arrivé sur l'emplacement de son choix, le constable se livrait aux différentes manifestations d'un rituel depuis toujours scrupuleusement observé. Il commençait par ouvrir le petit siège pliant sur lequel il s'installerait, puis il appâtait : cela fait, il se donnait la permission de fumer une cigarette, ensuite il débouchait sa bouteille de whisky et en lampait une bonne gorgée. Passant alors aux choses sérieuses, il préparait ses hameçons et le match entre les poissons du loch Vennachar et Samuel Tyler pouvait commencer. Le pêcheur ôtait sa veste, qu'il rangeait soigneusement à quelques mètres derrière lui pour qu'elle ne soit pas éclaboussée et prenait place sur son siège où il allait se figer dans une immobilité de pierre durant des heures.

Ce matin-là, il venait de tremper son fil lorsqu'il crut être la victime d'une hallucination. Il posa la main gauche sur ses yeux, les maintint fermés quelques secondes, les rouvrit et retrouva l'image qu'il avait pensée être le fruit de son imagination : la tête de l'Ecossaise aux cheveux rouges qui passait au fil de l'eau ! Le constable se dressa, étouffant un juron. Inquiet, il se tourna vers sa bouteille de whisky, se demandant si, par inadvertance, il ne l'aurait pas vidée d'un coup en pensant à autre chose ! Il reporta son regard sur le loch et, horrifié, vit la tête d'Imogène disparaître sous l'eau tandis qu'émergeait celle du Gallois qui avait gardé son melon et dont la moustache pendait lamentablement. Convaincu qu'il était devenu fou, Samuel faillit pousser un hurlement de terreur. A ce moment, miss McCarthery reparut et il sembla au constable que ces deux-là se battaient ! Affolé, il se mit à hurler :

— Au secours ! Au secours ! Au secours !

Alors, le miracle se produisit, qui réintégra Tyler dans la réalité de ce monde et ce, par l'intermédiaire d'Imogène qui, crachant une gorgée d'eau, l'apostropha.

— Espèce d'imbécile ! C'est à moi de crier « au secours », pas à vous !

Frappé par cette réflexion d'un bon sens indubitable, Samuel éprouva un curieux sentiment de honte et ne sut que dire :

— Ne vous fâchez pas, miss Imogène...

Déjà la tête de miss McCarthery dérivait, ainsi que celle de l'homme au melon.

— Samuel Tyler, allez-vous, oui on non, accomplir votre devoir et venir me chercher ? Ou bien, assisterez-vous impassible à ma mort ?

Tyler tressaillit devant ce rappel à ses obligations prononcé d'une voix énergique. Certes, il atteignait la soixantaine et piquer une tête dans le loch Vennachar n'était pas pour l'enchanter, mais sa fonction lui imposait de se porter à l'aide des hommes et des femmes en danger. La loi dont il se voulait un serviteur sans reproche et la religion dont il se flattait d'être un disciple fervent, unissaient leurs enseignements pour le convaincre de faire, ce matin-là, ce dont il n'avait pas du tout envie. Ainsi, parce qu'il portait l'uniforme de constable de Sa Gracieuse Majesté, Tyler en dépit de son âge et de sa terreur des rhumatismes, se jeta à l'eau pour Dieu, pour l'Angleterre et pour cette maudite fille aux cheveux rouges !

Ayant échoué dans toutes ses attaques, reconnaissant que ses subtilités tactiques ne parvenaient pas à entamer les lignes défensives des « noirs », Archibald McClostaugh résolut de déclencher l'offensive avec ses pions blancs, seuls capables de porter le désarroi dans le camp ennemi et de pousser l'adversaire à des manœuvres imprudentes. Ayant avancé les deux premiers représentants de l'infanterie blanche, il se demandait si les « noirs » devaient réagir par une contre-attaque de leur cavalerie quand la porte de son bureau, en s'ouvrant, lui mit sous les yeux le plus effarant spectacle qu'un chief-constable de Callander ait jamais eu l'occasion de contempler.

La terrible miss McCarthery, ruisselante d'eau et dont la robe s'égouttant donnait naissance à de petits ruisseaux se transformant en de véritables mares sur le plancher, se tenait devant lui, ayant à ses côtés ce Gallois qui ressemblait à un caniche qu'on eût trempé dans une baignoire et un Samuel Tyler en civil, mais dans un état tout aussi lamentable. Pour compléter ce tableau, le fermier Ovid Allanby suivait l'extraordinaire trio mais lui, du moins, ne paraissait pas avoir cru bon de prendre une douche tout habillé avant de se présenter à McClostaugh. Archibald était trop stupéfait pour poser la plus anodine des questions. D'ailleurs, de toute façon, il aurait été dans l'incapacité de se faire entendre, tout le monde criant à la fois. Samuel essayait d'exposer la situation, Imogène hurlait qu'on avait voulu l'assassiner, le Gallois protestait qu'il ne voulait plus jouer les têtes de Turc, mais son chapeau melon, qui ressemblait à un toit dont la gouttière déborderait après un orage, lui donnait une note comique empêchant de le prendre au sérieux. Quant à Ovid Allanby, il gueulait qu'il exigeait de savoir qui allait lui nettoyer sa damnée voiture réquisitionnée par ce damné Tyler pour y mettre ses damnés noyés qui avaient sali ses damnés coussins.

Conscient de ce que son autorité était bafouée, Archibald McClostaugh hurla :

— Taisez-vous, tous !

Surpris, ils obéirent, ne fût-ce que pour reprendre leur souffle. Archie, sévère, s'adressa à Imogène.

— J'ignore ce que vous avez encore inventé pour fomenter un nouveau scandale, miss McCarthery, mais je vous avertis que ma patience est à bout !

Imogène regimba :

— Alors qu'on tente une fois de plus de m'assassiner, cela vous est égal ?

— Non, cela ne m'est pas égal ! Mais je serais beaucoup plus tranquille si l'on vous assassinait pour de bon ! Tyler, votre rapport !

Le constable raconta la scène à laquelle il avait assisté avant d'y prendre part sur la requête de miss McCarthery ici présente. Incrédule, Archie regarda Imogène.

— Voulez-vous me dire ce qu'une femme de votre âge, prétendant jouir de tout son bon sens, fabrique au milieu de la matinée dans le loch Vennachar ?

— Si votre intelligence ne se révélait pas aussi épaisse que celle d'un bœuf, vous comprendriez qu'on a essayé de me noyer !

— Qui ?

— Lui !

Et d'un index vengeur, miss McCarthery désigna Herbert Flootypol, qui semblait fort malheureux. Le chief-constable s'en prit aussitôt à ce dernier.

— Qu'est-ce que vous avez à dire ?

— Que je ne suis pour rien dans l'accident survenu à miss McCarthery.

— Alors, qu'est-ce que vous fichiez dans l'eau vous aussi ?

— J'y suis tombé en voulant lui porter secours.

— Hypocrite assassin !

— Taisez-vous, miss ! Maintenez-vous que monsieur vous a attaquée ?

— Pas exactement.

— Vous a-t-il poussée dans le loch ?

— Non plus.

— Mais alors, pour l'amour du ciel, qu'est-ce que vous venez encore nous raconter ?

— Il me traquait !

— Expliquez-vous ?

— J'étais assise au bord du loch et je l'ai aperçu qui me surveillait.

— Et c'est pour échapper à cette surveillance que vous vous êtes jetée à l'eau ?

— J'y suis tombée par suite de la rupture d'une branche à laquelle je me cramponnais !

— Et vous transformez un accident en tentative d'assassinat ?

— Mais, Seigneur ! êtes-vous complètement bouché ?

— Ça suffit, miss McCarthery ! Ce que je suis ne vous regarde pas ! J'en ai assez de vous et de vos excentricités, vous entendez ? Le Dr Jonathan Elscott m'a adressé son rapport ! Je vous avertis : à la moindre incartade nouvelle, je vous fais enfermer chez les fous pendant quelques semaines, compris ? Sur ce, débarrassez mon bureau et en vitesse !

A ce moment, Ovid Allanby intervint pour ses damnés coussins sur lesquels le damné constable avait collé ses damnés noyés. Mais Archie n'était plus d'humeur à supporter quoi que ce soit de la part de qui que ce soit.

— Ovid Allanby, vous êtes un damné imbécile ! Vous allez me faire le damné plaisir de vous taire, de monter dans votre damnée voiture et de ramener au plus vite et par le chemin le plus court cette damnée miss McCarthery dans sa damnée maison ; sinon, je colle votre damnée personne dans ma damnée cellule pour entrave à la loi, vu ?

Ovid pivota sur ses talons et sortit. Imogène hésitait, ne sachant trop comment elle devait agir lorsque le Gallois lui dit doucement :

— Puis-je me permettre, miss McCarthery, de vous signaler que vous commettez l'erreur de prendre vos amis pour vos ennemis et vos ennemis pour vos amis ?

— Et moi, puis-je vous signaler que je tiens les Gallois pour ce que le Royaume-Uni a fourni de plus abominable dans sa contribution au peuplement de la planète et que je me moque de vos conseils comme de vos attentats sur ma personne ? La bonne cause triomphera et j'aurai l'honneur, un jour, d'attendre à la porte de la prison l'avis annonçant que justice est faite et que vous avez été pendu !

Sur ces mots, elle s'en alla sans saluer. Les deux policiers et le Gallois, demeurés seuls, se regardèrent un peu ébahis, et McClostaugh tira la moralité de l'affaire.

— Ne soyez pas affecté, monsieur Flootypol, je

vous tiendrai compagnie puisque miss McCarthery m'a également promis le nœud de chanvre. Il faudra que je demande au Dr Elscott ce que peut bien signifier cette obsession du gibet...

Mrs Rosemary Elroy omit de répondre au bonjour d'Imogène. Elle n'attendit d'ailleurs pas que miss McCarthery l'interrogeât pour prendre l'offensive.

— Hier, miss Imogène, Tyler vous a reconduite ici. Aujourd'hui, c'est en compagnie de ce mauvais sujet d'Ovid Allanby que vous arrivez et dans quel état !

— Mais je suis tombée à l'eau !

— Croyez-vous, miss Imogène, qu'une personne respectable tombe à l'eau ? En tout cas, je vous le dis, si les choses continuent de la sorte, il ne faudra plus compter sur moi. Je dois me soucier de ma réputation. Je le regretterai pour votre maman et pour votre papa, mais je suis certaine qu'ils m'approuveraient.

Imogène faillit lui répondre qu'elle pouvait s'en aller immédiatement si cela lui chantait, mais elle avait besoin d'elle et, rongeant son frein, elle gagna sa chambre sans répliquer.

Tout en se changeant, miss McCarthery revivait les incidents de la matinée et dans sa mémoire résonna la phrase-avertissement du Gallois. Elle ricana. S'il croyait la duper avec des histoires de cette taille, c'est qu'il la prenait pour beaucoup plus sotte que nature. Elle se peignait lorsqu'une idée lui traversant l'esprit la laissa le bras en l'air. Et si Herbert Flootypol raisonnait juste ? Et si elle se trompait depuis le début ? Alors, elle se mit à repenser à l'enveloppe dans la chambre de Lyndsay. Comment avait-elle accepté sans le moindre contrôle son invraisemblable explication ? Devait-elle admettre que c'était Andrew l'espion ? Il n'aurait donc pas écrit le tendre aveu qui l'avait bouleversée ? Mais alors, qui ?... Gowan Ross ou... ou Allan ? Son cœur se mit à battre plus vite. Si Lyndsay s'avérait être un criminel, Gowan et Allan se révéleraient-ils ses complices ou ses dupes au même titre qu'elle ? Spontanément, elle opta pour la seconde hypothèse. En tout cas, résolue à savoir, elle décida de se rendre, sitôt après déjeuner, à Kilmahog. Pour être certaine, cette fois, de ne pas l'oublier, elle mit son revolver dans son sac avant de répondre à l'appel de Mrs Elroy lui annonçant que le repas était prêt.

Au *Cygne Noir*, lorsque Jefferson McPuntish vit arriver miss McCarthery, il fronça le sourcil. McPuntish tenait essentiellement à ce qu'on respectât son autorité et il lui paraissait qu'Imogène le considérait plutôt comme une sorte de domestique. Aussi, lorsque la visiteuse lui demanda si Mr Lyndsay était chez lui, il répondit sèchement que son client venait de sortir pour une courte promenade. Imogène, déclarant qu'elle allait attendre son retour, s'installa au salon avant qu'on ne l'en eût priée. Là, elle feignit de s'absorber dans la lecture des magazines. En réalité, elle surveillait discrètement l'attitude de Jefferson McPuntish tandis que ce dernier gardait lui-même un œil méfiant sur cette curieuse personne. Un quart d'heure s'écoula ainsi dans un silence total et une vigilance de part et d'autre parfaite. Jefferson fut appelé quelque part dans les profondeurs de l'établissement et s'éclipsa. Aussitôt, Imogène bondit dans l'escalier pour gagner l'étage où se trouvait la chambre de Lyndsay. Ses lectures anciennes lui conseillaient de fouiller la pièce où vivait celui qu'elle ne pouvait s'empêcher de soupçonner. Par mesure de précaution, elle frappa à la porte. On ne répondit pas. Certaine qu'il n'y avait personne, elle tourna la poignée, mais la serrure était fermée à clé. Fort dépitée, décidée à jouer le tout pour le tout, elle se glissa de nouveau dans l'escalier, redescendit jusqu'à la réception, constata avec plaisir l'absence de McPuntish et, l'angoisse au cœur, s'empara de la clé de Lyndsay accrochée au tableau mural. Elle remonta avec une célérité que n'excluait pas le souci de faire le moins de bruit possible et tremblant à l'idée qu'à tout instant un domestique ou un client pouvait surgir sur son chemin. Parvenue sans encombre à la chambre d'Andrew, elle introduisit la clé dans la serrure, la fit tourner avec la plus grande lenteur, puis ouvrit la porte en la soulevant légèrement afin d'éviter le moindre grincement. Elle la referma de même et manqua pousser un hurlement lorsqu'elle entendit dans son dos une voix sèche teintée d'un fort accent étranger demander :

— De quel droit entrez-vous ici ?

Imogène crut tout de bon que son cœur s'arrêtait de battre. En une fraction de seconde, une foule de suppositions défilèrent à toute vitesse dans son esprit atterré en même temps qu'elle tentait de définir l'accent de cette voix. Mais, comme pour miss McCarthery l'étranger commençait à Glasgow, il lui était impossible de se faire une opinion. Elle se retourna et vit un homme assis devant la fenêtre. Ne connaissant pas cet individu, elle crut qu'elle s'était trompée de chambre et allait prendre le parti de s'excuser lorsqu'elle reconnut la valise de Lyndsay ainsi que le pardessus jeté sur le lit. L'étranger — un garçon au visage anguleux — insista :

— Eh bien ! répondrez-vous ?

Imogène détestait qu'on lui parlât sur un certain ton, aussi retrouva-t-elle son énergie.

— Et vous-même, que faites-vous ici ?

Sous cette contre-attaque, l'autre parut surpris.

— Moi ? Mais je suis un ami d'Andrew Lyndsay !

— Moi aussi.

— Il ne m'a pas dit qu'il vous avait invitée à lui rendre visite.

— Il n'est pas obligé de vous tenir au courant de sa vie intime, je suppose ? En tout cas, je vous cède la place...

Assez contente d'elle, miss McCarthery se préparait à sortir lorsque l'étranger bondit de sa chaise et se précipita entre elle et la porte.

— Doucement... Maintenant que vous êtes là, vous y resterez jusqu'à ce que je sois parti.

— Pourquoi ?

— Pour des raisons qui me regardent et qui ne vous regardent pas !

Un peu inquiète, l'Ecossaise recula vers le centre de la pièce.

— Je n'aime pas du tout vos façons...

Il ricana.

— Je n'aime pas davantage les vôtres ni cette manière de s'introduire dans les chambres dont les propriétaires sont absents !

L'inconnu donna un tour de clé et revint vers la table. Grand et sec, il parut à Imogène qu'il boitait légèrement.

— Si vous ne tenez pas à ce qu'il vous arrive des ennuis graves, vous demeurerez ici bien sagement jusqu'à ce que j'aie filé.

— Vous n'attendez pas Mr Lyndsay ?

— Il vaut mieux pas.

— Vous m'avez menti, n'est-ce pas ? Vous ne connaissez pas Andrew ?

— Et puis après ?

— Vous vous êtes introduit dans cette chambre à l'insu de son propriétaire ! Je vais vous faire arrêter !

— Je ne le pense pas !

L'homme sortit un poignard de sa poche.

— Vous aurez peut-être le temps de crier, miss, mais pas deux fois... Je ne tiens pourtant pas à vous tuer et si vous me promettez d'être sage...

— Vous n'êtes pas un gentleman !

— Sûrement pas. Dans mon pays, il n'y a pas de gentlemen... Je vais vous attacher sur cette chaise et vous mettre un bâillon. Ce bon Mr Lyndsay se fera une joie de vous délivrer en rentrant et vous pourrez lui manifester toute la reconnaissance qu'il vous plaira.

— Goujat !

L'inconnu changea brusquement de ton.

— Cesse donc de faire l'imbécile, sale Anglaise, ou gare !

Sous l'insulte de ce tutoiement méprisant et le qualificatif d'Anglaise qui la brûla comme un fer rouge, Imogène se décida au combat. Ni Robert Bruce, ni Walter Scott, ni son père n'auraient admis qu'elle se rendît sans résistance. Elle prit dans son sac qu'elle n'avait pas lâché son énorme revolver qu'elle tint à deux mains pour le diriger vers son ennemi. A la vue de cette arme insolite, l'homme marqua un temps d'arrêt avant d'éclater de rire.

— Où diable avez-vous trouvé un pareil

monstre ? Vous n'avez pas la naïveté de croire que vous êtes capable de faire fonctionner une telle machine de guerre ? Allons, donnez-moi ça...

— N'avancez pas ou je tire !

— Imbécile ! Vous n'espérez quand même pas que je vais obéir à une grande haridelle et renoncer à ma mission sous prétexte qu'elle se prend pour un artilleur ?

Il se remit à marcher vers elle.

— Tant pis pour vous ! Je tire !

— J'ai livré soixante-quinze combats aériens et j'ai été descendu quatre fois... Il n'y a donc pas grand-chose qui soit susceptible de me faire peur.

Les muscles noués, Imogène n'arrivait pas à trouver la volonté d'appuyer sur la détente. L'étranger fut sur elle avant qu'elle ne se soit décidée.

— Donnez-moi ce revolver !

— Non !

Il la gifla à toute volée. Sous la violence du choc, miss McCarthery tomba sur son séant sans lâcher son arme. Dans un mouvement instinctif pour se raccrocher à quelque chose, ses doigts se crispèrent sur la détente, le coup partit et l'homme qui se penchait sur elle eut la moitié de la tête emportée sous l'impact à bout portant d'une balle qui aurait pu tuer un éléphant. La détonation fit vibrer l'hôtel tout entier. Dans une chambre du même hôtel, un pasteur tomba à genoux avec toute sa famille, persuadé que les Russes venaient de lâcher leur première bombe atomique sur les Highlands. Le patron du *Cygne Noir*, qui se trouvait dans sa cave, crut que le toit s'était effondré, et un pêcheur installé au bord du loch Vennachar, convaincu que ce coup de tonnerre annonçait un orage d'une exceptionnelle violence en dépit de la sérénité du ciel, rassembla précipitamment son attirail de pêche.

Quant à Imogène, lorsqu'elle vit les dégâts commis par son revolver, quand elle entendit le bruit sourd du corps qui s'effondrait et l'horrible gargouillement s'échappant de ce magma qui avait été un visage d'homme, elle se mit à hurler. Bientôt, la porte s'effondra sous une poussée brutale et, juste avant de s'évanouir, miss McCarthery eut le temps de reconnaître les figures horrifiées de Jefferson McPuntish, d'Andrew Lyndsay et celle, sournoise, d'Herbert Flootypol.

Malgré tous les empoisonnements que cela laissait prévoir, Archibald McClostaugh triomphait. Cette fois, la maudite garce aux cheveux rouges allait payer ! Il la regardait, effondrée sur la chaise où Tyler l'avait fait asseoir deux heures plus tôt en la ramenant du *Cygne Noir.* Un meurtre des plus simples puisque l'instrument du crime était resté sur place avec l'assassin et sa victime. Imogène, d'ailleurs, ne niait point. Elle se contentait de raconter une histoire abracadabrante pour tenter de justifier son acte injustifiable. Le témoignage de McPuntish l'accablait. Il apparaissait qu'elle avait profité de son absence pour dérober la clé de la chambre de Lyndsay et y pénétrer à l'insu de ce dernier. La préméditation s'affirmait indiscutable. Le seul ennui venait de ce que personne ne connaissait le mort. Jefferson ignorait sa présence dans l'hôtel. Il n'avait jamais vu la victime et il se creusait la tête pour deviner le pourquoi de sa présence dans sa chambre. Au surplus, le cadavre ne portait pas le moindre papier sur lui. Au sujet d'Herbert Flootypol, on n'arrivait pas à mettre la main dessus pour entendre son témoignage.

Une fois encore, Archie reprit l'interrogatoire.

— Miss McCarthery, qui est l'homme que vous avez tué ?

— Je ne sais pas.

— Alors, comme ça, vous assassinez les gens que vous ne connaissez pas ? Curieux passe-temps !

— Je vous répète qu'il voulait me faire violence !

— En somme, si je vous comprends bien, vous plaiderez la légitime défense ?

— C'est un cas de légitime défense !

— Vous en discuterez avec votre avocat et je souhaite que vous convainquiez le juge ! En tout cas, d'où sortiez-vous ce revolver ?

— Il appartenait à mon père.

— Vous avez un permis de port d'arme ?

— Non.

— Parfait... Cela ne fera qu'une inculpation de plus.

— Vous êtes content, hein ?

— Miss McCarthery, je n'ai pas à être content ou non, je remplis mes fonctions de chief-constable. Mais si vous tenez absolument à le savoir, je suis assez heureux de vous retirer de la circulation avant que vous ne m'ayez rendu fou ou que vous vous mettiez à trucider les étrangers passant par Callander ! Tyler ira chez vous chercher les affaires dont vous avez besoin car je vais, moi, vous enfermer dans notre cellule, miss McCarthery ! Tyler ?

Le constable, occupé à maintenir les curieux assiégeant le bureau de police, se précipita.

— Tyler, miss McCarthery vous dira les objets de première nécessité dont elle peut avoir besoin et vous vous rendrez chez elle en vous faisant accompagner de Mrs Elroy.

Le téléphone sonna, interrompant le discours d'Archibald. Tyler, le plus proche de l'appareil, le décrocha.

— Ici, le bureau de police de Callander.

Il écouta une seconde, puis :

— Ne quittez pas, je vous prie, je l'appelle !

Posant sa main sur le microphone, il annonça à son supérieur :

— C'est pour vous. La direction de la police d'Edimbourg !

Archie poussa un soupir résigné, les embêtements commençaient.

— Ici, Archibald McClostaugh, chief-constable de Callander... Mes respects, monsieur... Oui, elle est ici... Je me propose de l'enfermer immédiatement... Comment ?... Mais... mais elle a avoué ! Quoi ?... Un espion ?... Elle n'a pas de port d'arme... Hein ?... Pourtant, elle m'a dit que... Bon... bon, bon, entendu... J'exécuterai...

L'œil vague, Archie raccrocha, puis à Tyler :

— Figurez-vous, Samuel Tyler, que nous sommes, vous et moi, des imbéciles... C'est du moins l'opinion d'Edimbourg... Nous devons relâcher immédiatement miss McCarthery car ayant tué quelqu'un qui n'existe pas — il n'a pas de papiers et sa trace est introuvable — elle ne peut être condamnée pour un meurtre commis sur un fantôme. Au surplus, si cet ectoplasme que vous avez trouvé dans la chambre de Mr Lyndsay se matérialisait, ce serait vraisemblablement sous la forme d'un espion et, dans ce cas, miss McCarthery aurait droit aux plus vives félicitations. J'ajoute que miss McCarthery, bien qu'elle n'en sache rien, possède un permis de port d'arme. Donc, Samuel Tyler, pour obéir aux ordres d'Edimbourg, vous allez rendre son artillerie à miss McCarthery et la reconduire jusqu'à sa porte avec les honneurs que mérite une innocente injustement soupçonnée. Quant à moi, miss McCarthery, j'ai l'honneur de vous adresser mes excuses et vous prie de bien vouloir me pardonner d'avoir cru ce que vous m'avez dit.

Imogène se leva, transformée.

— Ça va bien pour cette fois, Archibald McClostaugh, mais n'y revenez pas !

Puis elle sortit, pleine d'une dignité nouvelle — celle qui rayonne des héroïnes persécutées à qui l'on se décide à rendre justice — suivie d'un Tyler qui croyait rêver.

Samuel Tyler, un brave cœur, aimait bien son supérieur hiérarchique. Il avait deviné un tel désarroi en lui qu'avant de réintégrer le bureau, il passa chercher deux doubles whiskies. Quand il regagna la pièce où McClostaugh, abruti, tentait vainement de comprendre ce qui venait d'arriver, il cria avec jovialité :

— Tenez, chief, buvez ça pour vous remonter !

L'œil d'Archie retrouva quelque éclat en apercevant le verre d'alcool. Il le prit d'une main tremblante, le porta à ses lèvres. Malheureusement, Samuel crut bon d'ajouter :

— Et vous savez, chief, c'est moi qui les ai payés !

C'était trop d'un coup ! Ce monde où il fallait relâcher les meurtrières avec des excuses, où Tyler payait de sa poche un whisky à son supérieur, ne ressemblait plus au monde que McClostaugh connaissait et, lâchant son verre, il se laissa glisser dans un évanouissement dont, pour le faire sortir,

Tyler dut, la rage au cœur, sacrifier son propre double whisky.

7

... Et voyez-vous, ma chère Nancy, il faut toujours être prête à réviser ce qu'on prenait pour des certitudes. Ainsi, j'ai appris, on vous a appris qu'un meurtre se révélait un acte grave entraînant d'épouvantables complications pour son auteur, même quand il se trouvait en état de légitime défense. Eh bien ! chérie, il n'en est rien, ce sont des histoires de journalistes ! La preuve, c'est que pas plus tard que tout à l'heure — enfin je veux dire au début de l'après-midi — j'ai occis un citoyen d'un quelconque pays étranger en lui collant une balle dans la figure. Pour ne pas vous affoler, ma petite Nancy, je dois vous apprendre tout de suite que ce monsieur inconnu essayait de se livrer sur ma personne à des insolences incompatibles avec mon honneur d'Ecossaise (pas celles que vous imaginez). Il s'agissait pour cet individu de faire taire un témoin gênant et vous savez comme moi, Nancy, que pour me faire taire... Mais cette performance ne me rend pas pour autant mon honneur perdu et dès que j'aurai terminé cette lettre, je me remettrai en campagne pour tenter de retrouver ce qui m'a été volé. Si je ne réussis pas, j'ignore ce que je deviendrai car je n'oserai jamais réapparaître en vaincue devant sir David Woolish. Toute la réputation de notre sexe est en jeu, ma chère Nancy. Comptez donc sur moi pour me battre jusqu'à l'extrême limite de mes forces et si le malheur voulait que je succombe dans cette lutte, je vous prie de garder un bon souvenir de celle qui signe.

Votre Imogène.

P.-S. *Pour ce qui est de l'autre histoire qui me donnait l'espérance de fonder enfin un foyer, mes affaires ne sont pas très avancées. Je vous tiendrai au courant, ma chère Nancy, car de toute façon, vous ne*

refuserez pas d'être, le cas échéant, ma demoiselle
d'honneur avec Janice. Je vous embrasse.

Miss McCarthery s'était décidée à rendre visite à sir Henry Wardlaw, aux *Moors*. Elle y fut reçue avec amitié et sir Henry lui apprit qu'il devait s'absenter quatre jours pour aller à Londres où il verrait sans doute sir David. Il espérait qu'à son retour elle serait en état de lui remettre enfin les documents de la transmission desquels on l'avait chargée. L'Ecossaise jura qu'elle s'y emploierait de son mieux.

— Naturellement, monsieur, vous êtes au courant du drame qui s'est déroulé hier au *Cygne Noir* ?

— Bien sûr.

— J'ai dû tirer pour me défendre... Est-ce que vous me blâmez ?

— Pas du tout, miss McCarthery. Je crois connaître l'identité de l'homme que vous avez abattu. N'ayez aucun remords. Vous avez rendu un fier service à nos agents. Ce garçon était, en effet, pour eux un danger constant. En ce qui me concerne, il ne fait pas de doute que sa présence à Callander est en rapport direct avec le vol des documents concernant le Campbell 777. Il nous reste à savoir quel est son agent ici, c'est-à-dire votre voleur.

— Je suis persuadée qu'il s'agit de cet homme qui se prétend gallois — et il pourrait bien l'être vu qu'il se conduit comme un parfait sauvage — et qui dit s'appeler Herbert Flootypol. Je le rencontre toujours sur mon chemin, mais Tyler et McClostaugh ne veulent pas croire à sa culpabilité et lui assurent une impunité scandaleuse. Je suis certaine que c'est lui qui a mon enveloppe, sinon pourquoi se serait-il trouvé au *Cygne Noir* où il n'avait rien à faire ?

— Vous avez peut-être raison, miss, mais voyez-vous, dans une affaire d'espionnage, il est essentiel de ne pas se laisser aller à ses sympathies ou antipathies naturelles. Personne ne doit a priori vous paraître à l'abri du soupçon et si j'étais vous, j'étudierais de très près le comportement de ce Mr Lyndsay dans la chambre duquel vous avez passé de si vilains moments.

— Andrew ? Mais, monsieur... pour ne rien vous cacher, je... enfin, je crois qu'il éprouve pour ma personne un certain attachement et qu'il me demandera d'être sa femme...

— Ce ne serait pas la première fois, miss McCarthery, que le mensonge prendrait le masque de la tendresse. Mais vous êtes mieux placée que moi pour établir votre opinion et j'ai toute confiance en votre bon sens. En tout cas, voici ce que j'ai pu faire pour vous aider discrètement. A la poste, j'ai un homme à moi qui examine tout envoi un peu volumineux. C'est un spécialiste capable de défaire et refaire un paquet, de décacheter et de refermer une enveloppe en un temps record. Donc, peu de chance que les documents quittent Callander par une voie officielle sans que nous mettions la main dessus. Vous me pardonnerez, miss McCarthery, mais j'ai donné des ordres pour que Messrs Lyndsay et Flootypol soient surveillés. En mon absence, Edimbourg serait averti si l'un de ces messieurs prenait le train ou la route et agirait en conséquence.

— Merci, monsieur. Soyez assuré que je vais examiner les choses de très près, toutefois, je suis convaincue qu'en ce qui concerne Andrew vos soupçons sont injustifiés.

— C'était une simple mise en garde, miss...

Quoiqu'elle s'en défendît, Imogène avait été troublée par les remarques de son hôte. Son cœur ne pouvait admettre une trahison possible d'Andrew Lyndsay. On ne croit qu'à ce qu'on veut bien croire. Mais miss McCarthery possédait assez de courage pour ne pas reculer devant n'importe quelle vérité et elle se promit de pousser plus avant son enquête du côté d'Andrew.

Pour regagner sa demeure, miss McCarthery devait traverser Callander dans toute sa longueur. Elle atteignait le centre du bourg lorsqu'elle prit conscience que les passants se retournaient sur elle, chuchotaient entre eux, en un mot, elle était l'objet de l'attention générale. Ignorant si elle devait se féliciter de cette publicité, elle résolut d'aller acheter

des flocons d'avoine, non pas qu'elle en eût tellement besoin, mais l'épicerie tenue par Elisabeth
McGrew et son mari William s'imposait comme le
seul endroit où l'on pouvait être certain d'apprendre
tout ce qui se passait à Callander.

L'entrée d'Imogène dans l'épicerie créa une sensation profonde. Elisabeth McGrew, en train de peser
des haricots pour Mrs Plury, fut si troublée qu'elle
lui mit cent grammes de trop sans les lui compter.
William McGrew, qui montrait des bas à
Mrs Frazer, n'écouta plus ce que lui racontait cette
dernière et la vieille Mrs Sharpe qui essayait —
selon une habitude remontant à plus d'un demi-
siècle — de chiper un bonbon, oublia sa gourman-
dise pour s'écrier :

— Imogène McCarthery !

Cette exclamation fut comme un signal, et
Imogène sollicitée de toutes parts ne savait plus à
qui répondre. Elisabeth McGrew dut rappeler d'une
voix sèche qu'elle se trouvait chez elle et qu'on voulût bien prendre ce fait en considération pour lui
laisser l'initiative des opérations. Matées, les clientes
se turent et abandonnèrent la nouvelle arrivée, que
Mrs McGrew entreprit aussitôt.

— Miss McCarthery, je suis bien heureuse de
vous voir depuis que j'ai appris avec quel sang-froid
vous vous êtes tirée d'un mauvais pas, hier, au *Cygne
Noir*. Tyler nous a dit que vous l'aviez tué d'une seule
balle ?

— Elle suffisait, madame McGrew... C'était le
revolver de papa...

La vieille Mrs Sharpe ne put contenir plus longtemps son enthousiasme :

— Si le cher capitaine vivait encore, il serait fier
de vous, Imogène McCarthery !

Mrs Frazer renchérit :

— Vous avez montré à cet espion qu'il valait
mieux ne pas s'attaquer à une fille des Highlands.

Imogène buvait du petit lait. L'épicière revint à la
charge.

— Miss McCarthery, si vous nous racontiez comment cela s'est passé ?

Imogène se fit prier juste ce qu'il fallait avant de

se lancer dans le récit de son aventure que, sponta-
nément, elle enjoliva de telle façon qu'elle s'apparentait aux exploits légendaires de Rob Roy et se hissait
presque au niveau de la bataille de Bannockburn sur
le plan de l'intérêt national. Les autres l'écoutaient,
bouche bée, avec un brin de jalousie, cependant, de
la part de Mrs McGrew, qui devinait son prestige et
son autorité en péril. Quand elle eut terminé,
William McGrew vint lui serrer chaleureusement la
main en lui affirmant que, grâce à elle, Callander
attirerait l'attention de tout le Royaume-Uni. Aigrement, Elisabeth pria son époux de ne pas profiter de
la présence de miss McCarthery pour fainéanter et
de lui faire le plaisir de descendre à la cave pour en
remonter quelques bouteilles de pétrole dont la provision en magasin s'amenuisait. William prit très
mal la chose.

— Par Dieu, Elisabeth, ne pouvez-vous me laisser
tranquille cinq minutes ?

— Je vous prie, d'abord, William McGrew, de me
parler sur un autre ton devant la clientèle, ensuite
de vous rappeler que ma mère ne m'a pas mise au
monde et envoyée à l'école jusqu'à quinze ans pour
entretenir un bon à rien !

Mrs McGrew attaquait son mari par son point
faible, car tout Callander savait que, si le ménage
n'avait point d'enfant, la responsabilité en incombait à l'époux. Par leurs attitudes passionnées, les
clientes témoignaient de leur intérêt : en plus du
récit d'Imogène, elles assistaient à une scène de
ménage ! Vaincu par cette tactique déloyale, William
McGrew n'insista pas et se dirigea vers la trappe
conduisant à la cave, mais avant de s'enfoncer dans
les profondeurs, il tint à lancer une dernière flèche :

— Laissez-moi quand même vous dire, Elisabeth
McGrew, que vous êtes une femme qui ne respecte
pas son mari !

Et cette simple remarque, prononcée par un
homme dont on ne voyait déjà plus que le buste, prit
une résonance shakespearienne. Elisabeth accusa
nettement le coup et, pour détourner l'attention des
commères, relança Imogène.

— Miss McCarthery, quelle impression cela fait-il de tuer un homme ?

Question maladroite car, le soir même, Mrs Plury devait se répandre dans Callander en déclarant à qui voulait l'entendre que le ménage McGrew marchait très mal et que même Elisabeth McGrew cherchait des renseignements qui... que... enfin, bref, Mrs Plury ne voulait encore accuser personne, mais si un jour un drame se produisait à l'épicerie, elle serait la dernière à en montrer de l'étonnement et qu'elle exposerait alors à la police ce qu'elle savait. Ainsi, sans qu'elle pût deviner pourquoi, cette pauvre Mrs McGrew fut épiée de très près dans les jours qui suivirent par toute la population féminine de Callander. Tyler même reçut un avertissement anonyme à ce sujet et vint faire la morale à Elisabeth qui, ne comprenant pas à quel titre le constable se mêlait de son ménage, prit très mal l'affaire et se brouilla avec Samuel dont elle se fit un ennemi.

Cependant, pour l'heure, on n'en était pas encore là et les clientes de Mrs McGrew attendaient la réponse d'Imogène.

— J'ai idée que c'est comme à la chasse. On vise, on appuie sur la détente et le gibier tombe. On se rend compte après. Et je vous l'avoue, mesdames, on ne peut manquer d'être troublée...

En oratrice habile qui n'ignore pas qu'il importe de laisser son auditoire sur sa faim, miss Mc-Carthery prit aimablement congé de ces dames tout en leur disant qu'elle les reverrait sans doute à l'enquête du coroner fixée pour ce même jour, à 15 heures. Imogène partie, Elisabeth voulut tout de même porter une attaque sournoise à cette héroïne qu'elle jalousait déjà et, de l'air le plus détaché qu'elle parvint à prendre, déclara :

— C'est égal... si McGrew apprenait que j'ai tué un homme, même en état de légitime défense, je suis sûre qu'il me regarderait avec d'autres yeux et... et qu'il ne serait pas très rassuré.

Les clientes approuvèrent hautement l'épicière, mais Mrs Plury, à qui on n'en contait pas, estima qu'il s'agissait là d'une ruse pouvant duper les autres mais pas elle.

Peter Cornway tenait l'emploi de coroner en même temps qu'il assurait le service des pompes funèbres à Callander ; il se chargeait, en plus, de l'entretien et de l'ornement des tombes. C'était un petit homme maigriot, toujours vêtu de sombre, comme l'exigeait son emploi, mais qui n'arrivait pas à débarrasser sa personne et ses costumes de la poussière du marbre qu'il travaillait à longueur de journée. L'enquête se déroulait dans la grande salle de la mairie où l'on avait transporté les bancs de l'école. Peter Cornway se voyait assisté d'Harry Lowden, le maire, et de Ned Billings, le secrétaire. Tout Callander se pressait pour suivre l'événement exceptionnel qui rompait fort agréablement la monotonie des jours. Lorsqu'il jugea son auditoire au complet, Peter Cornway se leva pour annoncer solennellement l'ouverture des débats et appela immédiatement le premier témoin, miss Imogène McCarthery.

A la prière du coroner — qui se montra à son égard d'une courtoisie raffinée — Imogène refit le récit du drame où elle avait tenu le premier rôle. Peter Cornway lui demanda de préciser quelques points de détail, mais il eut la délicatesse de ne pas insister sur le fait que miss McCarthery s'était frauduleusement emparée de la clé de Mr Lyndsay pour s'introduire dans la chambre d'un célibataire absent. Quand Imogène eut achevé sa déposition, le coroner la remercia et lui permit de regagner sa place dans un murmure d'admiration générale. Seuls, les plus perspicaces remarquèrent que Harry Lowden montrait un visage renfrogné et ne semblait pas participer à l'émotion générale.

Andrew Lyndsay, d'abord accueilli avec suspicion, retourna l'assistance en sa faveur lorsqu'il déclara qu'il ne connaissait pas le défunt et qu'à son avis cet homme devait posséder un passe-partout : se voyant surpris par miss McCarthery dans l'escalier du *Cygne Noir*, il s'était précipité dans la première chambre venue. Sa malchance avait voulu que ce fût justement celle où allait pénétrer miss McCarthery. Il ajouta qu'il avait effectivement rendez-vous avec ladite miss pour des raisons qu'il ne croyait pas pouvoir exposer en public car elles mettaient en cause des intérêts supérieurs. Chacun sut gré à cet étranger de sa discrétion et Imogène, émue, comprit qu'il entendait ainsi sauver sa réputation. Elle y vit le premier aveu officiel de sa tendresse. Lorsqu'il retourna à son banc, elle lui adressa le plus radieux des sourires. Andrew lui répondit par une légère salutation qui acheva de lui gagner la sympathie des femmes de l'assistance.

Tyler et Herbert Flootypol exposèrent comment, se trouvant dans le hall du *Cygne Noir* et entendant le coup de feu, ils s'étaient précipités à l'étage où, ayant trouvé la porte de la chambre fermée à clé, ils réussirent, d'un commun effort, à l'enfoncer pour contempler le spectacle offert par le cadavre d'un inconnu et le corps de miss McCarthery évanouie. Tous deux, sur une question du coroner, affirmèrent leur conviction qu'on était en présence d'un meurtre pour cause de légitime défense. Jefferson McPuntish déposa le dernier. Avec lui, Peter Cornway se sentait beaucoup plus à l'aise.

— McPuntish, vous avez entendu les récits des témoins. Connaissiez-vous l'homme trouvé mort dans une chambre de votre hôtel ?

— Non.

— Comment expliquez-vous qu'il ait pu s'y introduire sans que vous l'ayez remarqué ?

— Je ne me l'explique pas.

Le coroner, qu'une vieille inimitié opposait depuis toujours à McPuntish, tint à profiter de l'occasion.

— En somme, on entre et on sort de votre hôtel comme dans un moulin ?

McPuntish devint rouge comme une pivoine.

— Dites donc, Cornway, il fau...

— Monsieur le coroner, je vous prie !

Jefferson manqua de s'étrangler de rage.

— Dites donc, monsieur le coroner, il faudrait voir à voir et ne pas discréditer ma maison !

— Je fais mon métier, McPuntish, et je me borne à constater que vous logez des gens dont vous ignorez même l'existence. Avouez que c'est tout de même curieux ?

— Pas plus curieux que le fait de voir la police incapable de dire qui est cet homme !

La riposte était bonne et Cornway se tut, mais elle se révélait dangereuse car le constable Tyler y vit une critique publique de ses activités et se promit de regarder de plus près si McPuntish observait stricte- ment les heures de fermeture et le règlement concer- nant le débit des boissons alcoolisées.

— En résumé, Mr McPuntish, vous ne pouvez rien nous apprendre sur cet individu ?

— Si. Je dis que ce n'était pas un gentleman.

— Qu'en savez-vous ?

— Un gentleman n'aurait pas eu le sans-gêne de se faire assassiner dans un hôtel où il n'avait même pas pris une consommation !

Tous les témoins entendus, le coroner rendit son verdict. Il résuma brièvement les faits et déclara que miss McCarthery avait agi en état de légitime défense. Ce mort sans papiers d'identité était vraisemblablement un espion au service de puis- sances étrangères et ainsi, par son geste, miss McCarthery avait rendu service à la Grande- Bretagne et il tenait à l'en féliciter. Il ajouta qu'il ren- dait hommage à la diligence de la police et termina en annonçant que les obsèques du défunt auraient lieu aux frais de la commune puisque personne ne réclamait le corps ; puis il leva la séance.

Avant qu'Imogène ait quitté la salle de la mairie, Cornway la rejoignit pour la féliciter de nouveau et lui glisser dans l'oreille qu'il se ferait un plaisir et un devoir de lui remettre les cinq pour cent de commis- sion sur la somme qu'il toucherait du conseil muni- cipal pour enterrer sa victime. Imogène n'eut pas le temps de protester car Gowan Ross se précipitait sur elle.

— Chère miss McCarthery, le hasard me ramène aujourd'hui à Callander et j'étais bien loin de me douter que j'allais vous y retrouver transformée en héroïne ! Veuillez croire à mon admiration pour votre sang-froid et votre courage...

Vexé, le coroner se retira. Il eût aimé que

miss McCarthery le présentât à ce nouveau venu qui paraissait un homme important. En voyant Gowan Ross, Imogène avait tout de suite pensé à Allan Cunningham.

— Mr Ross, quelle surprise !... Je croyais que vous aviez complètement abandonné Callander et vos amis ! Mr Lyndsay m'a appris que vous étiez parti pour Edimbourg avec Mr Cunningham ?

— Oui. Allan ne peut résister à la perspective de découvrir un phénomène de music-hall ou de boîte de nuit. Je l'ai accompagné pour l'empêcher de gaspiller ses vacances et l'obliger à venir respirer le bon air de Callander, mais il est perdu dans les chinoiseries d'un contrat à établir et il ne reviendra pas avant deux ou trois jours. J'espère bien, miss McCarthery, que vous me ferez le récit de votre aventure par le menu afin que je puisse moi-même la raconter à mon club londonien ?

Confuse, Imogène eut un rire de gorge qui sembla troubler profondément Gowan Ross et l'Écossaise, ravie, se demanda un instant si celui-là aussi n'était pas amoureux d'elle. Sur ces entrefaites, Andrew Lyndsay survint et le trio sortit de la mairie.

Tandis que les deux hommes reconduisaient Imogène chez elle, Gowan demanda la permission de les quitter un instant pour acheter des cigarettes. Sitôt qu'il se fut éloigné, Andrew, d'une voix contenue, demanda à Imogène de lui accorder au plus tôt un rendez-vous, car il avait des choses importantes à lui confier. Troublée, miss McCarthery, devinant que Lyndsay se décidait enfin à lui avouer son amour, perdit la tête. Elle balbutia un oui qui ne voulait pas dire grand-chose et ce fut Andrew qui, voyant réapparaître Ross, se hâta de lui proposer de le rejoindre d'ici deux heures sur le chemin de Kilmahog, à la sortie de Callander ; il l'y attendrait.

Trop émue pour répondre, Imogène se contenta d'acquiescer d'un signe de tête. Elle était si heureuse qu'elle n'entendait rien de ce que lui débitait Gowan. Devant sa porte, elle prit congé assez brusquement de ses compagnons, car le temps lui durait d'être seule pour se recueillir et penser à son avenir immédiat.

Andrew Lyndsay attendait son amie sur le chemin de Kilmahog, près du sentier menant au petit bois où Imogène, par la faute de Flootypol, avait failli terminer son existence dans les eaux du loch Vennachar. Andrew parut à miss McCarthery terriblement nerveux. Elle mit cet état de fébrilité sur le compte de l'émotion, elle-même ne se sentant pas particulièrement à son aise.

— Je vous remercie, miss, d'être venue...
— N'était-ce pas naturel, Andrew ?
— Quand même, c'est très aimable à vous... Où vous plairait-il que nous nous rendions ?

Dans l'espoir de créer un climat qui lui serait encore plus favorable (la tendresse ne pouvant que gagner à se mêler d'un peu d'admiration), Imogène lui proposa de lui montrer l'endroit d'où elle était tombée dans le loch. Comme deux coquebins à leurs premières amours, ils descendirent côte à côte vers le petit bois sans prononcer une parole. L'Ecossaise pensa que son ami avait, comme elle, la gorge nouée. Quand ils furent au bord de l'eau, sous le couvert, Imogène prit une voix tragique pour annoncer :

— C'est là !
— Pardon ?

Un tantinet vexée, miss McCarthery précisa :
— C'est là que je suis tombée dans le loch...
— Ah ! oui...

Elle s'expliqua cette choquante indifférence par le fait qu'Andrew devait se répéter les phrases solennelles qu'il allait lui adresser et qu'il était trop plein de son sujet pour fixer son attention sur autre chose.

— Nous nous asseyons ?
— Volontiers.

Il l'aida à prendre place au pied d'un arbre, à courte distance de l'eau dont le clapotis léger mettait une note claire dans ce bel après-midi ensoleillé.

— Miss McCarthery, ce que j'ai à vous confier est difficile à exprimer et je ne sais comment m'y prendre.

— Laissez simplement parler votre cœur, Andrew...

— Mon cœur ?... Ah ! oui... certainement... en effet. Chère, chère amie, puis-je me flatter que vous éprouvez, à mon égard, un tout petit peu plus qu'une simple sympathie ?

— Vous le pouvez, Andrew.

— Merci... J'ai besoin de m'appuyer sur le réconfort d'une... d'une... oserais-je dire... affection ?

— Osez, Andrew.

— Merci ! Voilà... Miss McCarthery, je suis abominablement inquiet !

— Inquiet ?

— Pourquoi cet homme se trouvait-il dans ma chambre ? Vous pensez bien que je ne croyais pas un mot de ce que j'ai raconté au coroner ? Cet individu est entré volontairement chez moi et il m'attendait sans doute pour me supprimer.

— Vous supprimer ? Mais pour quelles raisons ?

— Parce qu'il appartenait vraisemblablement à une bande qui nous guette depuis notre arrivée à Callander... Comme ils m'ont vu souvent avec vous, ils doivent s'imaginer que nous sommes associés... et de même qu'ils ont tenté de vous supprimer, ils ont dû décider de me tuer... Je ne peux pas supporter cette idée...

La déception d'Imogène était profonde. Pouvait-elle escompter s'appuyer dans la vie sur un homme qui, sous des apparences énergiques, se révélait un pleutre ? Sèchement, elle remarqua :

— Vous me surprenez, Andrew... Je vous imaginais d'une autre trempe... Qu'espérez-vous de moi, au juste ?

— Que vous m'aidiez à fuir !

— Fuir ? Voilà un mot que je n'ai pas l'habitude de prononcer et que je ne pense pas avoir entendu une seule fois dans la maison de mon père ! De plus, permettez-moi de m'étonner qu'estimant graves les menaces qui pèsent sur nous, vous puissiez songer à abandonner dans ce péril la femme que vous aimez ?

— Justement, chère Imogène, justement... Je souhaiterais que nous partions ensemble.

— Je regrette, Andrew, mais n'y comptez pas ! Une McCarthery n'abandonne pas ce qu'elle a entrepris... Je ne vous cache pas que vous me décevez Andrew...

— Ne vous fâchez pas, Imogène !

— Je ne me fâche pas. J'éprouve simplement un peu de tristesse... Si vous tenez tellement à vous en aller, pourquoi ne bouclez-vous pas vos valises et ne montez-vous pas dans le train ?

— Je me suis déjà rendu à la gare et j'ai eu l'impression qu'on m'y surveillait...

— Alors, louez une voiture !

— J'ai essayé, mais c'est mettre tout le monde au courant et, devant le garage, j'ai rencontré des hommes qui, visiblement, n'avaient rien à y faire...

Andrew mentait et Imogène le savait. Tout était faux en lui : son attitude, ses gestes, sa voix. Il tremblait, sans aucun doute, mais pour d'autres raisons que celles qu'il avançait. Amère, miss McCarthery comprenait que jamais Lyndsay n'avait songé à lui proposer de devenir sa femme. Elle sentait une colère la gagner en réfléchissant au rôle stupide qu'elle avait joué. Quelque chose dans sa mémoire essayait de prendre forme, mais elle n'arrivait pas à réaliser de quoi il s'agissait.

— Ne me refusez pas le service que je vous demande, Imogène ? Vous paraissez très bien protégée... si, si, j'ai mes informations... Avec vous, je ne risquerais rien... nous pourrions regagner Londres et là... reprendre notre entretien... Je suis seul, ma bien chère amie, depuis de longues années et si, de votre côté, je ne vous suis pas indifférent... peut-être qu'ensemble...

C'est alors qu'Imogène se souvint de sir Henry lui annonçant qu'il faisait discrètement surveiller les gares et les routes. En un instant, elle vit la vérité toute nue et réalisa combien elle avait été sotte. Elle se crispa pour empêcher sa voix de frémir et dit avec un calme déroutant :

— Vous êtes un satané menteur, Andrew Lyndsay ! Ce ne sont pas les amis de l'homme que j'ai tué que vous redoutez, mais la police. Vous ne savez pas comment quitter Callander en emportant les documents que vous m'avez volés. Oui, Andrew Lyndsay, plus je réfléchis et plus je suis sûre que vous êtes la plus belle fripouille qu'on puisse rencontrer !

— Mais... mais, Imogène...

— Ce n'est pas par hasard que votre complice est entré dans votre chambre. Il venait y chercher l'enveloppe que vous deviez lui remettre ! Quand je pense que vous avez osé me jouer la comédie de l'amour...

— Moi ? Mais, espèce de vieille folle hystérique, c'est vous qui vous êtes jetée à mon cou ! Vous aimer, moi ? Mais vous ne vous êtes pas regardée ? Bon Dieu ! ce que vous avez pu me faire rire, avec vos roucoulements de chatte en folie !

— Taisez-vous, misérable !

— Vous vous jugez maligne, hein ? Mais, pauvre imbécile, je savais tout de vous, tout ! Il faut être bête comme un Anglais pour confier une pareille mission à une Ecossaise à moitié retombée en enfance !

Abrutie sous ce torrent d'injures et de sarcasmes, Imogène n'avait plus qu'une idée en tête : ne pas pleurer devant cette canaille. Elle se leva péniblement. Il l'imita. Ne sachant plus trop bien ce qu'elle racontait, elle balbutia :

— Je... je vous croyais écossais...

— Je m'en voudrais ! Je suis d'un pays où on vous hait et où on vous méprise, vous autres Anglais, Ecossais, Gallois, avec vos égoïsmes et vos vanités et un jour viendra où nous vous ferons cirer nos bottes, vous entendez ? Cirer nos bottes !

— D'autres ont essayé...

— Nous y mettrons le temps qu'il faudra ! En attendant, vous allez m'aider à fuir, à passer sous le nez des argousins que sir Wardlaw a placés sur les routes et aux gares... Il faut que j'emporte les plans du Campbell 777 !

— C'est donc bien vous qui avez l'enveloppe ?

— Et comment donc ! Tenez, la voilà !

Et, d'un geste de défi, Andrew sortit de sa poche la fameuse enveloppe marquée T-34 et l'agita sous le nez d'Imogène à qui elle fit l'effet de la muleta sous les yeux du taureau dans l'arène. Elle eut aussitôt une réaction digne d'une fille des Highlands ! D'une main preste, elle s'empara du pli et, légère, elle s'en fut aussi vite qu'elle le put. Lyndsay, un moment déconcerté, se reprit et se lança à sa poursuite. Aux approches de la cinquantaine, miss McCarthery possédait plus de cœur que de souffle. Très vite, elle comprit que l'autre allait la rejoindre avant qu'elle n'eût atteint la route. Alors, instinctivement, parce que, une fois déjà elle avait échappé à la mort, elle infléchit sa course et revint vers le bord du loch. Quand elle fut près de l'eau, elle eut le temps de se pencher et, lâchant la précieuse enveloppe, elle empoigna une grosse pierre contre laquelle elle venait de buter. Elle la brandissait au-dessus de sa tête lorsque Andrew lui sauta à la gorge. De toutes ses forces, elle l'abattit sur le crâne chauve de son adversaire. Elle vit le front céder sous le choc et le sang inonder la face du misérable, qui poussa une exclamation dont, par la suite, Imogène ne put donner une interprétation satisfaisante, quelque chose comme ouf !... humph !... euh !... mais ce dont elle s'affirmait convaincue c'est que ce n'était pas hourrah !... Chancelant, Andrew recula vers le loch et, le pied lui manquant, il partit dans l'eau à la renverse et ne remonta pas à la surface.

Quand elle fut certaine qu'Andrew Lyndsay, à son tour, avait définitivement quitté la partie, Imogène voulut pousser un cri de victoire en écho à ceux que six siècles plus tôt poussèrent les Ecossais en voyant fuir les Anglais à Bannockburn, mais elle n'en eut pas le temps, car un coup sur la tête l'envoya, privée de sentiment, le nez dans les bruyères.

8

En reprenant pied dans notre monde, la première personne que vit Imogène fut Herbert Flootypol qui se tenait devant elle — semblant guetter sa résurrection —, un solide gourdin à la main. Miss McCarthery esquissa un sourire de commisération en pensant aux policiers qui n'avaient pas voulu la croire lorsqu'elle dénonçait le Gallois pour son agresseur. Elle regretta de ne pouvoir leur laisser un message qui leur eût donné des remords pour le reste de leur existence, mais en fille de soldat qui sait pouvoir mourir ignoré aux avant-postes, elle rassembla son énergie pour crier à Flootypol :

— Qu'attendez-vous pour m'achever ?

— Je n'en ai pas du tout l'intention... Je pense même que nous allons fort bien nous entendre...

Imogène ne fut pas dupe. Craignant qu'elle ne criât, celui-ci usait d'une autre méthode qui, à première vue, correspondait mieux à son allure papelarde. Il allait sûrement s'arranger pour l'étrangler avant qu'ils ne sortissent du couvert, à condition qu'elle se laissât faire et, pour tout dire, elle n'en avait pas du tout envie. Afin de l'aider à se relever, Herbert posa son gourdin contre un arbre et la demoiselle baissa les paupières pour que son assassin n'aperçût pas l'éclair de triomphe de son regard. Quand elle se trouva debout, elle le pria le plus hypocritement du monde de bien vouloir se détourner pendant qu'elle se réajustait. Il obéit, l'imbécile ! Miss McCarthery empoigna alors le bâton d'une main ferme et, découvrant les plaisirs sauvages de la loi du talion, en cogna de toutes ses forces sur la tête du Gallois qui, aussitôt, la remplaça dans la bruyère. Elle regretta qu'il eût gardé son éternel melon, mais elle ne se sentit pas le courage de l'achever et, sans insister davantage, reprit le chemin de Callander.

Elle arrivait aux premières maisons lorsqu'elle s'arrêta pile, se souvenant de l'enveloppe. Où était-elle ? Sans doute dans le veston de Flootypol ? Quelle sotte elle avait été de ne pas le fouiller ! Au risque de livrer une autre bataille au cas où il aurait recouvré ses sens, elle ne s'accorda pas le droit d'abandonner les documents. Elle rebroussa donc chemin mais, avant de pénétrer dans le petit bois, elle se munit d'une solide trique. D'un pas précautionneux, l'œil et l'oreille aux aguets, elle rejoignit le théâtre de son dernier combat, mais ce fut pour y constater que sa victime avait disparu et l'enveloppe avec elle. Sans doute le Gallois, ayant repris connaissance, s'était-il éclipsé, ou bien ses complices, le jugeant trop mal en point, l'avaient-ils jeté dans le loch ? Imogène en éprouva un curieux regret, qu'elle mit sur le compte des difficultés nouvelles qu'elle rencontrerait pour combattre des gens dont elle ne connaissait pas les visages alors que celui d'Herbert Flootypol lui était devenu presque familier.

Archibald McClostaugh, au mépris d'une saine tradition jusqu'ici scrupuleusement respectée, s'avouait sur le point de se décider à tricher pour tenter de venir à bout de ces « noirs » irréductibles, en trois coups, comme l'exigeait le professeur qui tenait la rubrique des échecs dans le *Times*. Déjà, il tendait la main lorsque Tyler le sauva de la forfaiture en entrant.

— Chief...

Archie leva les yeux vers son subordonné.

— Elle est là !

McClostaugh ne demanda pas de qui il s'agissait, l'air désespéré de Samuel le renseignait assez. Il considéra l'arrivée de miss McCarthery comme un châtiment du ciel, résolu à le punir immédiatement de ce qu'il avait failli faire. Il n'eut d'ailleurs pas à prendre de décision, car Imogène pénétra d'autorité dans le bureau.

— Archibald McClostaugh, seriez-vous plus difficile à voir que le Premier ministre de la Couronne ?

Résigné, le chief-constable se contenta de répondre :

— Miss, je m'imaginais diriger le bureau de police de Callander et, comme tout citoyen du Royaume-Uni, être maître chez moi. Il paraît que c'était une erreur puisque, aussi bien, on entre ici comme dans un pub sans solliciter ma permission. Je dois vous remercier de vous être fait annoncer par Tyler, précaution bien inutile ! Sans doute êtes-vous venue m'annoncer un nouveau meurtre ?

— Non.

— Vous m'étonnez !

— Deux.

Tyler émit une sorte de râle et dut s'asseoir tandis qu'Archie pâlissait. Voyant leur émotion, Imogène précisa :

— Mais le second, je n'en suis pas certaine, car le corps a disparu.

— Travail mal fait, miss McCarthery. Je suis persuadé, d'ailleurs, que vous saurez rattraper cela... Puis-je me permettre de vous demander la personnalité du monsieur que vous avez expédié dans un monde meilleur ?

— Andrew Lyndsay. Il habitait au *Cygne Noir*.

Sur sa chaise, Samuel répétait stupidement :

— Ce n'est pas possible... ce n'est pas possible...

Suave, McClostaugh fit remarquer à sa visiteuse l'état du constable.

— Ce pauvre Tyler ne s'habitue pas aux mœurs nouvelles, mais n'ayez aucune crainte, miss, il s'aguerrira, et surtout que cela ne gêne point vos activités...

Il prit son bloc et son crayon.

— Nous disons donc : Andrew Lyndsay, résidant au *Cygne Noir*. Vous êtes fâchée avec Jefferson McPuntish ?

— Non, pourquoi ?

— Parce que je vois que vous êtes en train de lui faire perdre sa clientèle... Et, où est le corps ?

— Dans le loch.

— Parfait. Tyler, il sera bon d'avertir pour qu'on le repêche... Oserais-je vous prier, miss, de me confier avec quelle arme vous avez mis fin à l'existence de ce monsieur ?

— Avec une pierre.

— Comme David en usa à l'égard de Goliath... Et, naturellement vous l'avez ensuite noyé ?

— Oh ! non, il s'est noyé tout seul, car lorsque je lui ai eu défoncé le crâne, il a reculé sous le choc et est tombé à l'eau.

— Quoi de plus normal ? Et l'autre ?

— Pour l'autre, je vous l'ai dit, je ne suis pas certaine.

— Nous attendrons donc... Ah ! encore un détail, si ce n'est pas trop abuser... Je ne doute pas, miss, que vous ayez eu une raison valable pour éliminer ce Mr Lyndsay. Seriez-vous assez aimable, cependant, pour me la révéler ?

— Il m'avait volé une lettre et...

Tyler faillit tomber de sa chaise. Son chef l'apostropha.

— Eh bien ! Samuel, qu'est-ce qui vous arrive ? Miss McCarthery a une méthode originale pour reprendre son courrier, voilà tout ; je ne vois pas qu'il y ait là de quoi vous émouvoir ? Appelez-moi donc Edimbourg dans la pièce à côté, que je les mette au courant pour dégager tout de même ma responsabilité.

Ce ne fut qu'au bout de deux heures qu'Edimbourg daigna répondre qu'on était déjà averti et qu'on priait Archibald McClostaugh de fermer les yeux, car il s'avérait que cette nouvelle victime, tout aussi mystérieuse que l'autre, ne s'appelait pas Lyndsay, mais qu'on le connaissait et qu'il s'agissait d'un espion que la police essayait depuis plusieurs mois de prendre la main dans le sac. Et on ajouta même que si miss McCarthery continuait de la sorte, elle finirait par purger l'Angleterre de tous les agents ennemis vivant sur son territoire.

Le jour tirait à sa fin. Imogène, relâchée par McClostaugh qui la pria d'accepter ses félicitations, était rentrée chez elle, un peu lasse. De son aventure, elle ne gardait qu'une assez violente migraine. Elle résolut de se coucher sans dîner mais elle tint à envoyer, auparavant, un mot à Nancy Nankett pour lui apprendre les derniers événements :

Ma chère Nancy,

Je me félicite de m'être toujours refusée à suivre cette ridicule mode des cheveux courts, car c'est sans doute au fait que je suis restée fidèle au chignon que je dois d'être encore en vie. Figurez-vous...

Les pêcheurs découvrirent le corps du fameux Andrew Lyndsay à l'aube et coururent avertir Tyler, qu'ils obligèrent à se lever. Le Dr Elscott dut à son tour sortir de son lit pour examiner le corps transporté chez Cornway, qui ne parvenait pas à cacher sa jubilation et dont l'enthousiasme atteignit au paroxysme quand il apprit qu'il devait ce nouveau client à miss McCarthery. Le médecin déclara que le type examiné par ses soins était déjà mort avant de tomber à l'eau, qu'il adresserait son rapport à Mr McClostaugh et qu'on voulût bien, pour le moment, lui ficher la paix et lui permettre de finir tranquillement les quelques heures de repos auxquelles il avait théoriquement droit, ainsi que tous les sujets de Sa Gracieuse Majesté. Le praticien parti, le coroner se fit une joie de téléphoner au maire pour lui annoncer la nouvelle et l'avertir que l'enquête aurait lieu à 2 heures ce même jour, dans la salle de la mairie ; puis il alerta McPuntish, dont il fut heureux de troubler la matinée et, tout en sifflant une chanson gaillarde, il se mit à choisir ses planches pour fabriquer le cercueil.

Pendant ce temps, le constable, écœuré, se rendait au *Fier Highlander* pour y boire un remontant et il en profita pour mettre Ted Boolitt et sa femme au courant. Thomas, le garçon, en allant chercher du savon noir chez l'épicière, lui raconta ce qu'il venait d'entendre. Aussitôt, Elisabeth McGrew prit son mari pour premier confident et, comme l'auditoire lui semblait un peu maigre, elle courut chez les commerçants voisins. Imogène dormait encore que tout Callander commentait son dernier exploit. Mais, à la vérité, l'enthousiasme de la veille était passé. De l'avis unanime, on estimait que miss McCarthery exagérait et les plus raisonnables déclaraient que leur pays se serait volontiers passé d'une réputation qui ne favoriserait pas la venue des touristes. En bref, la gloire de la fille du capitaine de l'armée des Indes le cédait peu à peu à une réprobation qui, pour être encore chuchotée, ne tendait pas moins à devenir générale grâce aux efforts de Mrs McGrew, qui n'avait point encore pardonné à miss McCarthery le succès remporté dans son magasin.

Loin de se douter des discussions dont elle était l'objet, Imogène se réveillait et, comme d'habitude, tout de suite, le buste de sir Walter Scott apparut dans son champ de vision. Elle lui sourit, se sentant de plus en plus sœur de ses héroïnes. Miss McCarthery paressa un peu au lit, estimant qu'elle pouvait se permettre cette détente après les événements de la veille. Un soupçon de regret l'effleura en songeant à Andrew Lyndsay dont, un moment, elle avait pu penser qu'il ferait un bon mari. Mais elle n'aimait pas s'attarder dans les regrets. D'ailleurs, ce misérable, avant d'essayer de la tuer, lui avait avoué qu'il n'était pas l'auteur du billet doux trouvé dans son sac.

Alors, qui ?

Désormais, l'alternative se révélait des plus simples : ou Gowan ou Allan ? Si le cœur de miss Mc-Carthery souhaitait que ce fût Allan, son bon sens lui soutenait qu'il s'agissait de Gowan. Elle revit sa bonne grosse figure ronde lors de l'enquête du coroner et l'émotion réelle qui en bouleversait les traits. Evidemment, il n'avait rien d'un prince charmant, mais, à son âge, Imogène savait bien qu'elle ne pouvait demander l'impossible.

Pendant qu'elle procédait à sa toilette, miss Mc-Carthery pensa, non sans vanité, que tout Callander devait fièrement commenter le nouvel exploit de celle en passe de devenir la plus célèbre de ses enfants. Elle se promit de s'offrir la satisfaction d'une nouvelle visite à l'épicerie d'Elisabeth McGrew. Dans ces heureuses dispositions, elle gagna la cuisine où Mrs Elroy l'apostropha sans même lui souhaiter le bonjour.

— Alors, paraît que vous avez encore fait des vôtres, hier soir ?

— Vous êtes déjà au courant ?

— Et comment que je ne le serais pas ? On parle que de ça dans le pays ! Ceux qui savent que je travaille chez vous, ils viennent sur moi comme des mouches pour essayer d'obtenir des renseignements !

Miss McCarthery, enchantée de cette émotion autour de ses exploits, prit un air modeste pour déclarer :

— Oui, j'ai eu de la chance...

— Vous appelez peut-être ça de la chance à Londres, mais ici on dit que c'est pas bien de tuer son prochain avec autant d'acharnement !

— Mais ce sont des ennemis de l'Angleterre !

— Eh bien ! laissez ceux dont c'est le métier s'occuper de ça ? A quoi ça rime, je vous demande, une demoiselle de bonne famille qui tire des coups de revolver, qui défonce le crâne des gens à coups de pierre ? Vous avez quand même pas été élevée de cette manière, j'en suis témoin !

Imogène, énervée par tant d'incompréhension, manqua de remettre cette imbécile à sa place, mais elle se tut, jugeant peu digne d'elle d'entamer une controverse avec un être si borné et sur un sujet lui échappant complètement. Mrs Elroy, mettant ce silence sur le compte d'un sentiment de culpabilité, voulut parachever son triomphe.

— En tout cas, c'est pas des plus recommandés pour quelqu'un comme moi sur qui on n'a jamais rien raconté, de ternir sa réputation en servant une personne qui fait plus parler d'elle que notre monstre du loch Ness ! Miss Imogène, je vous le dis comme je le pense, si vous devez continuer vos crimes, ça serait préférable de m'avertir, que je m'en aille tout de suite avant qu'on vienne ficher le feu à la maison !

Un coup de sonnette impérieux dispensa miss McCarthery de répondre. Le facteur apportait le courrier et Imogène crut être victime d'un éblouissement en apercevant parmi les prospectus et les journaux sa fameuse enveloppe marquée T-34 ! Qu'est-ce que cela signifiait ? Ce n'était quand même pas l'assassin qui la lui retournait ? Alors ? Complètement perdue, Imogène n'écoutait plus Mrs Elroy qui, vexée, s'enferma dans un silence hostile. Pareille à un automate, elle monta dans sa chambre, se torturant l'esprit pour essayer de trouver une solution à cette nouvelle énigme. Pouvait-elle admettre que le Gallois, tremblant d'être arrêté, lui réexpédiait le pli compromettant en espérant le lui reprendre par la suite ? Dans ce cas, il savait l'absence de sir Henry Wardlaw ? Il est vrai que Lyndsay était bien au courant... Renonçant à résoudre le problème qui se révélait insoluble, miss McCarthery cousit l'enveloppe sur la gaine qu'elle portait pour donner l'illusion d'un galbe que l'âge menaçait. Puis, rassérénée, elle décida d'aller faire un tour dans Callander pour goûter quelques bribes de cette popularité dont le parfum l'enivrait.

Elisabeth McGrew confiait à ses clientes et à son mari que si ses parents apprenaient qu'elle se conduisait comme miss McCarthery, ils se retourneraient dans leur tombe ! Qui sait ? Ils seraient peut-être même capables d'en sortir pour venir la chercher ! Si cette perspective macabre impressionna vivement Mrs Plury, Mrs Frazer et Mrs Sharpe, elle parut, au contraire, ouvrir de radieux horizons à William McGrew qui, de la caisse où il siégeait, remarqua :

— Ce serait bien le premier foutu bon service qu'ils me rendraient !

Elisabeth mit un instant pour reprendre sa respiration, coupée par cette affirmation scandaleuse et diffamatoire. Puis, pleine de vigueur et débordante d'amertume, elle se tourna vers son époux :

— William McGrew...

Mais il était écrit que l'épicière ne pourrait remporter sur son mari une victoire qu'elle voulait décisive et publique, car Imogène, en entrant dans la boutique, relégua au second plan la querelle conjugale des McGrew.

— Bonjour, mesdames... Bonjour, monsieur McGrew.

Seul, l'épicier lui répondit :

— Bonjour, miss McCarthery... Vous continuez à apporter un peu d'animation dans notre petite ville, à ce qu'on raconte ?

Hargneuse, l'épicière intervint aussitôt pour empêcher l'adversaire de marquer des points.

— C'est vrai que vous en avez tué un autre ?

Flattée de cette attention sur le sens de laquelle elle se méprenait, Imogène se lança dans un récit dramatique de ses démêlés avec Andrew Lyndsay, mais Elisabeth, sentant le danger — rien qu'à voir les visages passionnés de ses clientes —, attaqua en interrompant grossièrement l'héroïne :

— Si vous voulez mon avis, miss McCarthery — et ceci soit dit sans offense — une personne comme il faut ne se met pas deux fois dans le cas de subir une pareille mésaventure ou alors... c'est à croire qu'elle y met du sien !

Outrée, Imogène se cabra :

— Que voulez-vous insinuer par-là, Mrs McGrew, je vous prie ?

Les hostilités étaient déclenchées, et les clientes se passèrent la langue sur les lèvres dans l'attente de l'empoignade.

— Je n'insinue rien, miss McCarthery, je dis clairement, au contraire, que celles qui recherchent un peu trop la compagnie des hommes, celles qui ne craignent pas de les suivre dans des endroits écartés, ne doivent s'en prendre qu'à elles-mêmes de ce qu'il leur arrive !

— Mrs McGrew !

— Miss McCarthery, ce n'est pas la première fois que des filles de Callander ont des rendez-vous avec des messieurs à l'abri des regards, quoique généralement ces filles-là soient plus jeunes que vous...

Les clients approuvèrent, car la remarque s'avérait fielleuse à souhait. D'ailleurs, la vue d'Imogène complètement décontenancée sous ce choc imprévu leur faisait prendre le parti de la triomphatrice qui, assurée de leur appui moral, continuait :

— ... Mais c'est la première fois qu'elles tuent leur complice !

— Mrs McGrew, vous êtes une insolente !

— Et vous, une sans pudeur, miss McCarthery, et si vous me permettez d'exprimer tout haut ce que chacun ici pense tout bas : on se demande pourquoi Archibald McClostaugh ne vous a pas encore fourrée en prison !

— La vérité, Mrs McGrew, c'est que vous êtes jalouse !

— Jalouse ? Je voudrais bien savoir de quoi, par exemple ?

— De ce que les hommes ne vous ont jamais regardée !

L'épicière eut un rire triomphant.

— Ils ne m'ont peut-être pas regardée, mais il y en a un qui m'a tout de même choisie.

McGrew susurra paisiblement :

— C'est peut-être justement parce que je ne vous avais pas regardée, Elisabeth ?

Indignée de ce renfort inattendu apporté à l'ennemie, Mrs McGrew balaya cet adversaire négligeable.

— Vous, taisez-vous !

Et se retournant vers Imogène :

... Tandis que vous, ils vous ont peut-être regardée, mais ils n'ont pas eu envie de s'embarrasser d'une personne de votre genre et à voir ce qui se passe, ils ont bien fait !

Lâchement, ignoblement, Mrs Frazer vola au secours de la victoire en insinuant d'une voix aigrelette :

— A moins qu'ils n'aient été candidats à un trépas prématuré !

De même que les Anglais à Bannockburn, surpris par la tactique nouvelle des Ecossais, cédèrent à la panique, miss McCarthery, déroutée par une trahison qu'elle ne prévoyait pas, perdit pied, et, balbutiant quelques nobles paroles de mépris auxquelles son trop visible désarroi ôtait toute importance, quitta l'épicerie en une retraite précipitée et sans gloire. Avant de refermer la porte, elle eut le temps d'entendre Elisabeth qui apostrophait son mari :

— Et maintenant, William McGrew, si vous m'expliquiez ce que vous avez voulu dire au juste à propos de mes parents ?

Lorsque Imogène rentra chez elle, Mrs Rosemary Elroy se trouvait encore là et, soucieuse de ne point lui laisser deviner sa défaite — dont elle serait, hélas ! vite mise au courant — elle gagna directement sa chambre où elle s'enferma à clé. Miss McCarthery était tout ce qu'on voulait, mais pas méchante, et cette femme forte qu'aucun danger, qu'aucune entreprise ne faisaient reculer, s'avouait démunie comme un enfançon lorsqu'elle se heurtait à la mesquinerie de ses contemporains. Maintenant, elle réalisait la grandeur du métier qu'elle assumait à titre éphémère. L'incompréhension, le mépris, voire la haine s'avéraient être le lot de ces héros obscurs des services secrets britanniques. Face à la sottise vindicative de Mrs Mc-

Grew, elle avait failli lui crier qu'en tuant ces hommes qui en voulaient à sa vie, c'était la propre existence de ces ricaneuses imbéciles qu'elle avait défendue et, avec elle, celle de millions d'Anglais ! Mais elle s'était retenue pour demeurer fidèle à son serment. Elle devait rester ignorée sous son jour de combattante de la Couronne. Remise d'aplomb par cette brève incursion sur les cimes escarpées des dévouements anonymes, Imogène, redevenue complètement maîtresse d'elle-même, examina de près la gravure de Robert Bruce, dont elle connaissait pourtant chaque détail par cœur, et murmura :

— A présent, Robert, je comprends que les héros sont voués à la solitude...

On frappa à la porte de la chambre, mais miss McCarthery, qui assimilait Mrs Elroy aux sottes femmes de Callander, ne se sentait pas d'humeur à faire la causette. Ce fut de la manière la plus hargneuse qu'elle demanda :

— Qu'est-ce que c'est ?

A travers l'épaisseur de la porte, Mrs Elroy répondit :

— C'est un monsieur qui voudrait vous causer.

— Vous a-t-il donné son nom ?

— Ross, je crois.

— Qu'il attende au salon, je descends dans une minute !

On entendit le pas lourd de la vieille Rosemary redescendant l'escalier. Gowan Ross ? Que voulait-il ? Venait-il, lui aussi, reprocher à Imogène la mort de son ami ? Se révélerait-il complice de l'espion abattu ? Ou, au contraire, sa naïveté avait-elle été surprise comme la sienne ? Parmi ces questions se pressant en foule dans son esprit, elle entendait cependant une petite voix lui chuchotant que Ross, débarrassé de celui qu'il prenait pour un rival, désirait lui avouer être l'auteur du billet doux et lui déclarer qu'il l'aimait. L'Imogène superbe, sûre d'elle, qui se rendait au salon, ne ressemblait plus en rien à la pauvre demoiselle accablée par l'ingratitude des femmes de Callander et qui, quelques instants plus tôt, montait furtivement dans sa chambre.

A sa vue, Gowan Ross eut quelque difficulté à extraire son corps replet du fauteuil où Mrs Elroy l'avait installé. Quand il y fut parvenu, il se précipita, les bras tendus vers son hôtesse :

— Chère miss McCarthery... j'ai appris ce matin... l'affreuse chose... je... je suis... je ne sais pas comment vous... vous exprimer... le misérable !... Je ne me doutais pas...

L'émotion le faisait pitoyablement bafouiller et Imogène, doucement émue devant cette marque d'intérêt, lui parla avec bonté.

— Remettez-vous, cher Mr Ross. Asseyons-nous.

— Oui... bien sûr... avec plaisir... Je suis tellement heureux de vous retrouver saine et sauve !

Imogène refit le récit dramatique de ce qui s'était passé avec Lyndsay. Elle se montra pathétique à souhait et Gowan, les yeux écarquillés, la bouche entrouverte, buvait ses paroles. Quand elle en arriva à l'épisode de l'attaque sournoise de Flootypol, Ross ne put maîtriser plus longtemps son indignation et, se dressant d'un bond et, agitant ses bras un peu courts :

— Miss McCarthery, si vous le permettez, je vais aller boxer cet individu !

— Calmez-vous, cher ami... Il est trop fort... pour vous, pour nous... du moins pour l'instant... Il faut agir discrètement et lutter par la ruse contre la ruse... Je n'ai pas de témoin et il peut raconter ce qu'il veut...

— La canaille !

— Mais vous, Mr Ross, que pensez-vous de feu Andrew Lyndsay ?

Gowan affirma qu'il avait rencontré Lyndsay à son club et que leur attirance mutuelle était née d'une commune passion pour la pêche. Il n'en savait pas davantage, bien loin de soupçonner l'être abject qui se dissimulait sous des dehors dont la sévérité n'excluait pas la sympathie. Il demanda pardon à Imogène de s'être fait, à son insu, le complice de cet Andrew — que le ciel le confonde ! — et reconnut qu'à cinquante-deux ans, il lui restait encore bien des choses à apprendre sur les hommes.

Mutine, miss McCarthery répliqua :

— Dois-je comprendre, cher Mr Ross, qu'en ce qui concerne les femmes, vous êtes un expert ?

Gowan rougit jusqu'aux yeux.

— Non... non... oh ! non... et la preuve, c'est que me voici encore célibataire à un âge où d'autres ont déjà des petits-enfants...

— Détesteriez-vous les personnes de mon sexe ?

— Oh ! Miss McCarthery, comment pouvez-vous penser une chose pareille ? Non, voyez-vous, je suis très timide — j'ignore si vous vous en êtes aperçue ? — et je n'ose pas parler de crainte d'être ridicule...

Imogène saisit la balle au bond.

— Alors... vous écrivez ?

Le coup parut le frapper durement et, sur le moment, son hôtesse pensa qu'il allait s'évanouir. Il bredouilla :

— Vous... vous avez... deviné ?

Elle mentit avec cynisme.

— Ce n'était pas difficile !

— Je dois vous paraître horriblement mal élevé ?

— Une femme à qui on adresse un aveu de cette sorte ne se préoccupe pas de juger s'il répond ou non aux règles du savoir-vivre...

— Alors, puis-je espérer que... ?

— Cher monsieur Gowan... J'ai une mission à remplir avant de penser à moi-même et à mon avenir...

— C'est vrai ! J'ai entendu dire que vous vous occupiez des documents qu'on vous avait volés ?

— Grâce à Dieu ! je les ai récupérés !

— Ah ! tant mieux ! Mais ne craignez-vous point qu'on ne vous les dérobe de nouveau ?

Avec une exquise pudeur, miss McCarthery laissa entendre que leur cachette nécessiterait, pour qu'on y eût accès, qu'on la tuât d'abord et qu'on la déshabillât ensuite. Cette dernière perspective sembla troubler infiniment Gowan Ross.

— Très chère miss McCarthery, je ne serai tranquille que lorsque vous en aurez terminé avec cette terrible aventure et je me propose, avec votre permission, de me faire votre garde du corps. Voulez-vous que, demain, je vienne vous chercher et que nous allions pique-niquer dans les rochers des Trossachs ?

Imogène accepta avec enthousiasme et on convint que Gowan la prendrait, dans une voiture de louage, sur les 10 heures du matin. Ils se séparèrent les meilleurs amis du monde après avoir décidé désormais de s'appeler par leurs prénoms.

La visite de Ross et le tendre aveu à demi formulé donnèrent à Imogène le courage d'affronter l'hostilité à peine déguisée du public qui assistait à l'enquête du coroner. On eut la répétition de la séance précédente. Cornway déclara que le défunt Andrew Lyndsay ne s'appelait pas ainsi, que vraisemblablement il était étranger et que, par ordre des autorités supérieures, il serait enterré au cimetière de Callander aux frais de la commune. La seule déposition intéressante fut celle du docteur, qui fit passer un frisson d'horreur parmi ceux qui l'écoutaient en racontant comment le crâne d'Andrew Lyndsay avait éclaté sous le choc de la pierre maniée par miss McCarthery. On regarda Imogène avec réprobation et quelques murmures s'élevèrent, fort discourtois, à son égard. Imogène ayant déposé, Herbert Flootypol, appelé à son tour, déclara avoir assisté de loin à l'attaque contre miss McCarthery, de trop loin pour pouvoir reconnaître l'agresseur, mais il dit sa conviction que ses cris, à lui, Flootypol, avaient sauvé la vie de la demoiselle. Il précisa, au grand intérêt de l'assistance, son souci de ramasser le bâton dont l'agresseur s'était servi, en s'enveloppant la main d'un mouchoir, au cas où il y aurait eu des empreintes digitales. Mais le constable Tyler retourna le public en raillant ces paisibles estivants qui, ayant trop lu de romans policiers, se croient des dons de détective. Bien entendu, on n'avait trouvé aucune trace sur l'arme, en admettant que ce fût bien celle déposée sur le bureau de monsieur le coroner. Herbert Flootypol se retira, rouge de confusion. Cornway rendit un verdict de meurtre en état de légitime défense mais, cette fois, ne félicita pas miss McCarthery pour ne pas nuire à sa popularité.

A la sortie de l'audience, le maire déclara fort insolemment à Imogène que si elle nourrissait l'intention de ruiner la commune, il lui serait obligé de le lui dire tout de suite parce que, dans ces conditions, le conseil municipal envisagerait la possibilité d'un emprunt. En rentrant chez elle, miss McCarthery trouva une boîte de chocolats envoyée par le coroner.

Au soir de cette journée fertile en incidents, le constable Tyler se livrait à sa quotidienne partie de fléchettes au *Fier Highlander* lorsque le patron, Ted Boolitt, demanda comment il se faisait qu'on n'eût pas vu depuis deux jours son chef, Archibald McClostaugh. Samuel posa ses fléchettes et, se tournant vers les joueurs qui attendaient sa réponse, commença :

— Imaginez un homme ennemi du tracas qui trouve un charmant pays pour y attendre paisiblement sa retraite. Imaginez maintenant que dans cette petite ville sans histoire débarque un soir une Ecossaise aux cheveux rouges...

9

Imogène avait mal dormi. Elle s'était tournée et retournée dans son lit, insomnie due à une impatience fébrile. Il lui semblait que le jour ne se lèverait jamais, ce jour où elle allait avoir à prendre la plus importante décision de son existence : répondre oui ou non à Gowan Ross lorsqu'il lui demanderait de devenir sa femme. Avait-elle le droit d'introduire un étranger dans le culte qu'elle rendait à Robert Bruce, à sir Walter Scott et à son père ? Si Gowan l'aimait, il faudrait qu'il partage ses goûts car, en aucun cas, elle ne sacrifierait ses compagnons de toujours au dernier arrivant.

L'écho des pas de Mrs Elroy entrant dans la cuisine arracha Imogène à ses rêveries.

L'air revêche de la femme de charge, son mutisme qui ne lui fit répondre que par un laconique bonjour au sien, fort aimable, prouvaient assez que la vieille femme persistait à partager l'opinion de Callander quant à son comportement extravagant. Mais Imogène n'avait pas du tout l'intention de se laisser gâcher une journée dont elle attendait tant par l'humeur grognonne de Rosemary. Elle déjeuna donc d'excellent appétit et remonta chez elle pour combiner une toilette qui devait allier la correction d'une vertu insoupçonnable à ce rien de laisser-aller qui incite la confidence et suscite de sages audaces. Elle se trouva prête bien avant l'heure et sans tellement y prendre garde mit son revolver dans son sac.

Dix heures sonnaient lorsqu'un léger coup de Klaxon précipita les pulsations cardiaques d'Imogène. Au même moment, d'en bas, Rosemary cria :

— Miss Imogène ?... C'est le monsieur d'hier qui demande après vous !

— J'arrive !

Avant de sortir de sa chambre, elle jeta un dernier coup d'œil sur le cadre familier qu'elle verrait peut-être à son retour d'une autre façon. Elle n'osa pas regarder Robert Bruce, Walter Scott ni son père, car elle avait un peu l'impression de les trahir.

Imogène aurait voulu sortir sans passer devant Mrs Elroy, mais celle-ci, comme si elle avait deviné les intentions de sa maîtresse, se tenait sur le seuil. Il était évident qu'elle n'entendait rien perdre du spectacle.

— Alors, comme ça, vous partez ?

— Oui, nous allons déjeuner sur l'herbe.

— Rien que vous deux ?

— Oui, pourquoi ?

— Pour rien, mais je me demande ce que le capitaine aurait dit en voyant sa fille s'en aller avec un homme, sans chaperon.

Miss McCarthery ne put s'empêcher de rire.

— Mrs Elroy, auriez-vous oublié que je frise la cinquantaine ?

— Ça n'empêche pas. Une jeune fille est toujours une jeune fille ! En tout cas, celui-là, tâchez de le ramener vivant !

Heureuse de cette flèche, la vieille femme tourna les talons et réintégra sa cuisine, laissant Imogène décontenancée. Mais déjà Gowan se précipitait à son devant pour lui dire toute sa joie de l'emmener vivre une journée en plein air. Bien qu'elle fût touchée par cet enthousiasme, elle nota que la tenue de son compagnon laissait à désirer quant à l'harmonie des couleurs et que, lorsqu'ils seraient mariés, elle veillerait à lui reformer le goût.

Lorsqu'ils arrivèrent dans les Trossachs où derrière chaque rocher l'imagination de l'Ecossaise voyait les archers de Rob Roy embusqués, Imogène estima que Ross n'avait pas été inspiré de l'emmener dans ce coin pour lui faire la cour. Dans ce célèbre décor, en effet, l'air inspirait bien plutôt l'héroïsme que la tendresse. Elle tenta de se recueillir pour adopter l'attitude de celle à qui un monsieur empressé va offrir sa fortune et sa vie, mais, en dépit de ses efforts, au lieu d'entendre les battements de son cœur, elle percevait le galop des chevaux de Rob Roy.

— Imogène, je tiens à vous renouveler mes excuses au sujet de Lyndsay, ou du moins de l'individu que j'appelais ainsi. Je me sens un peu responsable. Ma présence à ses côtés était une sorte de caution. Mais, je vous le répète, il ne s'agissait que d'une sympathie de club, il en est de même pour Allan Cunningham, d'ailleurs.

Cette fois, Imogène perçut nettement les battements de son cœur. Du ton le plus détaché qu'elle put prendre, elle s'enquit :

— Mr Cunningham a l'air fort bien élevé ?

— Oui, je crois que c'est un gentleman... Vous ai-je dit qu'il m'avait chargé de vous saluer de sa part ?

— C'est fort aimable à lui. Doit-il revenir bientôt à Callander ?

— Je pense qu'il ne tardera pas à réapparaître dès qu'il en aura terminé avec sa chanteuse.

De nouveau, la jalousie tenailla miss McCarthery.

— Je suppose que c'est une créature splendide ?

— Ma foi, non, c'est sa voix qui est splendide ; quant à elle, je la trouverais plutôt vulgaire...

Ross parut à Imogène beaucoup plus sympathique qu'auparavant.

Ils abandonnèrent la voiture sur le bord de la route et Ross se chargeant du panier à provisions, ils entreprirent de s'aventurer parmi les rochers. Très vite, Gowan commença à souffler et à transpirer. Imogène pensa qu'elle l'obligerait à procéder chaque matin à quelques mouvements de culture physique. Ce qui compliquait tout, c'est que Ross se croyait contraint de bavarder et, la respiration lui manquant, il restait en équilibre au milieu d'une phrase. Sa compagne cachait mal son envie de rire, bien que le sujet traité ne relevât point de la plaisanterie : Gowan racontait sa vie. N'ayant pas connu son père, il avait été élevé par Mrs Ross qui, d'après ce que crut comprendre Imogène, devait être une maîtresse femme n'ayant jamais toléré que son fils manifestât une autre opinion que la sienne. Il ne fut pas question, bien entendu, que Gowan envisageât d'installer une seconde femme au foyer où sa mère s'entêtait à régner seule. Ainsi, Ross avait-il été successivement un petit garçon craintif, un adolescent soumis, un jeune homme timide, un homme sans volonté, puis un vieux petit garçon qui craignait autant sa maman à cinquante ans qu'à dix. Mrs Ross était morte l'année dernière et, livré subitement à lui-même, Gowan ne savait plus ce qu'il convenait de faire. En bref, miss McCarthery devina que son compagnon, à peine libéré d'un esclavage, n'aspirait qu'à abdiquer au plus tôt cette liberté dont il paraissait fort empêtré. Il serait facile à mener par le bout du nez et Imogène, en qui coulait le sang autoritaire du capitaine de l'armée des Indes, envisageait avec plaisir un avenir de maîtresse de maison tranchant sur tout et obéie aveuglément. Oui, décidément, ce Gowan Ross ferait un mari sur mesure.

Ils se hissèrent au sommet du rocher, but de leur excursion. Imogène, arrivée la première, tendit la main à Gowan qui se cramponna et, d'un effort des reins, elle l'amena jusqu'à elle. Lorsqu'ils eurent repris haleine, ils jetèrent un regard sur le paysage et ils tombèrent tout de suite d'accord pour affirmer, une fois de plus, que l'Ecosse était le plus beau pays du monde et qu'il fallait toute la mauvaise foi des étrangers pour n'en point convenir.

Gowan Ross ouvrit le panier et déballa les provisions. D'abord une omelette à la confiture sur une assiette en carton ornée de myosotis, une salade de carottes crues en hors-d'œuvre, et, comme plat de résistance, un *mealee pudding* froid qui eût fait reculer d'épouvante n'importe quel être humain né au sud des Cheviot Hills. Seuls, en effet, des estomacs écossais parviennent à digérer sans trop de difficulté ce magma de tripes et de farine d'avoine. Enfin, une bouteille de scotch complétait cet en-cas. Imogène et son compagnon commencèrent par boire une goutte de whisky à la gloire de l'Ecosse, puis une autre en l'honneur de l'amitié, une autre encore à la confusion des ennemis de miss McCarthery. Sur ce rocher, que caressait le vent de la lande traînant avec lui l'odeur des bruyères, le couple se prenait un peu pour Adam et Eve avant la fermeture du paradis terrestre. C'est alors que Ross prit son courage à deux mains et lança :

— Me permettez-vous, chère Imogène, de vous confier que je me sens particulièrement bien en votre compagnie ?

— J'en suis flattée, Gowan...

— Et que... que... enfin, je souhaiterais que... vous ne me quittiez plus ?

Miss McCarthery eut un rire de gorge où l'on pouvait discerner tout ensemble la tendresse d'un roucoulement et la gaieté d'une affectueuse moquerie.

— Dois-je entendre, Gowan, que vous êtes en train de me demander de devenir votre femme ?

— C'est mon vœu le plus cher !

— Je pense que nous pouvons être heureux ensemble.

— Oh ! oh ! chère Imogène !

Pareil à un jouvenceau, Ross sauta sur la main de son amie et la couvrit de baisers. Imogène avait envie de rire et de pleurer. En même temps, une bouffée d'orgueil la soulevait : personne ne s'était fiancé d'une manière aussi romantique sur ce rocher des Trossachs, avec le ciel et l'Ecosse pour témoins ! Ils trinquèrent à leur bonheur futur et le whisky les emplit d'une douce euphorie. A quelques mètres de là, un arbre rabougri mais solide ressemblait à une sentinelle surveillant l'approche d'un éventuel envahisseur. Imogène, cependant, en bonne Ecossaise qui ne perd jamais tout à fait le sens des réalités, déclara :

— A l'Amirauté, je gagne douze livres par semaine...

— Chez Irahm et George, je touche vingt et une livres chaque vendredi soir.

— Cela nous fera trente-trois livres...

— Je crois que nous y arriverons, n'est-ce pas ?

— Je le crois aussi ! Bien entendu, nous habiterons chez moi, à Chelsea.

— J'ai toujours rêvé de vivre à Chelsea...

Avec satisfaction ils constatèrent qu'ils se trouvaient d'accord sur tout et ils burent encore un petit coup pour célébrer cette parfaite entente. Ensuite, ils liquidèrent la salade de carottes crues. Avant d'entamer le *mealee pudding*, Ross remarqua :

— Si vous le vouliez, Imogène, nous pourrions être beaucoup plus riches et mener une existence très confortable... Cela ne vous dirait pas d'aller passer l'hiver au soleil ?

Miss McCarthery supposa que Gowan supportait moins bien le scotch qu'elle-même.

— Je ne travaillerais plus à l'Amirauté ?

— Ni moi chez Irahm et George !

— Et par quel miracle ?

— Vous portez sur vous des documents qui valent beaucoup d'argent...

Imogène crut à une plaisanterie un peu lourde.

— Malheureusement, ils appartiennent à l'Angleterre !

— Vous n'êtes pas anglaise, mais écossaise !

Elle fronça le sourcil car elle n'aimait pas du tout le tour que prenait ce badinage. Sèchement, elle affirma :

— Quand il s'agit de la Défense nationale, il n'y a plus d'Anglais ni d'Ecossais, Gowan...

— Je suis certain que vous pourriez en tirer au moins dix mille livres...

Un soupçon atroce traversa l'esprit d'Imogène : Ross ne lui aurait-il fait la cour que dans l'espoir de la convaincre de réussir cette affaire répugnante ?

— Cessez cette plaisanterie, Gowan, elle n'est pas drôle !

— Moi, je la trouve amusante.

Le ton nouveau de son compagnon la fit frissonner. Qu'est-ce que cela signifiait ? Elle avait quelque peu perdu de son assurance quand elle demanda :

— Je ne comprends pas votre attitude, Gowan ?

— Je le regrette, Imogène, mais je pense que nous nous sommes assez amusés ; maintenant, il s'agit de passer aux choses sérieuses.

Sous les yeux horrifiés de miss McCarthery, une véritable métamorphose s'accomplissait en la personne de Ross. Fini le petit bonhomme rondouillard et timide, rougissant pour un rien, au regard de gosse. Elle voyait en face d'elle un homme pas très grand mais dont l'épaisseur donnait l'impression d'un bloc dur que l'éclat métallique des yeux rendait inquiétant. Elle voulut lutter contre la panique qui l'empoignait et se leva. Raffermissant sa voix, elle cria plutôt qu'elle ne dit :

— Gowan Ross, je vous prie de me ramener à Callander !

Il se leva à son tour.

— Ne vous fâchez pas, Imogène, et écoutez-moi.

— Si c'est encore pour me parler de votre stupide proposition, vous feriez aussi bien de vous taire, sinon...

— Sinon ?

— Sinon, je reprends ma parole !

Il éclata d'un rire affreusement vulgaire et miss McCarthery devina qu'elle ne serait pas plus Mrs Ross qu'elle n'aurait été Mrs Lyndsay. Elle voulut couper court à toute explication pour ne pas entendre ce qu'elle redoutait. Mais pour s'en aller, il lui fallait passer à côté de Gowan.

— Restez où vous êtes, miss ! Il me faut les documents que vous portez sur vous et quand je devrais les prendre moi-même, je les aurai !

Imogène jeta un regard désespéré à son sac où se trouvait son arme, mais il était entre elle et son agresseur. Elle rusa pour tenter de gagner du temps.

— Et moi qui croyais que vous m'aimiez !

— Ne soyez donc pas si stupide ! J'ai autre chose à faire dans la vie qu'à conter fleurette à de ridicules Ecossaises sur le retour ! Bien entendu, ce n'est pas moi qui vous ai écrit le billet sur lequel vous avez laissé courir votre imagination... Vous avez tué mon vieil ami, mon camarade de combat, et vous allez le payer ! Vous me donnez ces papiers ou je vais les chercher !

Miss McCarthery recula jusqu'à l'extrême limite du rocher qui, à cet endroit-là, surplombait le sol d'un à-pic de cinq mètres. Elle ne pouvait sauter sans risquer de se casser un membre et de se mettre ainsi à la merci de ce bandit. Telle sœur Anne sur sa tour, elle promena un regard désespéré autour d'elle mais ne vit rien venir. Elle comprit qu'elle était perdue.

— Vous l'aurez voulu !

Et Gowan Ross se précipita vers Imogène McCarthery. Mais le fantôme de Rob Roy qui se promenait par là ne pouvait laisser sa descendante succomber sous les coups d'un traître et il s'arrangea pour que, dans son état impétueux, le misérable Ross mît le pied dans l'omelette à la confiture, ce qui eut pour effet immédiat de le faire déraper et choir avec une grande violence en arrière, sur le rocher où son crâne, en le heurtant, fit un bruit sourd. Poussée par son instinct batailleur, Imogène bondit et se laissa tomber de tout son poids sur la poitrine de son adversaire. La bouche de Gowan exhala une sorte de sifflement semblable à celui d'un ballon qu'on dégonfle. Il était sans doute hors de combat pour un bout de temps. Assise sur son ennemi, miss McCarthery reprenait haleine lorsqu'elle entendit une voix calme annoncer :

— Vous lui avez peut-être bien défoncé la poitrine, après tout ?

Imogène poussa un cri d'angoisse et se leva rapidement pour faire face au nouveau venu. Naturellement, il s'agissait d'Herbert Flootypol, qui sans doute venait achever la tentative avortée de son complice ou de son rival ? Il se tenait à l'extrémité du rocher par où Gowan et elle-même étaient montés. Elle calcula qu'avant qu'il fût sur elle, elle avait le temps de prendre son revolver. Ce qu'elle fit et, visant soigneusement Herbert médusé, elle hurla :

— Recommandez votre âme à Dieu, sale Gallois !

Il leva les bras en criant :

— Ne vous fâchez pas, Imogène !

Heureusement pour Flootypol, l'énorme projectile passa à quatre bons mètres de la cible, mais sectionna une branche de l'arbre sentinelle qu'elle admirait quelques instants plus tôt, une branche d'un demi-pouce de diamètre ! Le Gallois n'attendit pas qu'elle réitérât son geste meurtrier et s'enfuit à travers la lande, courant de toutes ses forces, les pans de son veston volant comme le tutu d'une danseuse. Imogène tira une fois encore dans sa direction et sa balle détacha un quartier de roc de plusieurs kilos. Rassuré, le fantôme de Rob Roy s'éloigna.

Tiré de son évanouissement par ce tumulte, Ross poussa un gémissement et tenta de se redresser. Mais miss McCarthery, redevenue la fille du clan McGregor, s'agenouilla près de Gowan et lui flanqua un solide coup de crosse sur la tête, lui fendant la peau du front et le renvoyant hors du monde sensible. Cette mesure de précaution prise, elle entreprit de le ficeler solidement et pour cela elle n'hésita pas à sortir les pans de chemise du pantalon et à en faire de solides lanières, puis, afin de l'empêcher de proférer des injures que sa pudeur ne lui permettait pas d'entendre, elle lui colla un solide bâillon sur la bouche, prenant soin, toutefois, de lui dégager le nez. Après quoi, elle se tailla une bonne tranche de *mealee pudding* et avala une lampée de whisky. Ross, qui avait repris conscience, la regardait faire avec un œil luisant de haine. Miss McCarthery leva son verre.

— A la bonne vôtre, Gowan Ross, et en attendant que vous appreniez ce qu'il en coûte de s'attaquer à une fille des Highlands !

Abandonnant les reliefs d'un festin qui n'avait pas

eu lieu, Imogène empoigna Gowan par le col de sa veste et commença à le traîner comme un sac de pommes de terre, dans l'intention de le ramener à la voiture abandonnée sur la route. On se doute que le prisonnier vécut de pénibles moments et, comme il se tortillait en tous sens pour marquer son mécontentement, miss McCarthery s'arrêta pour lui adresser une mise en garde.

— Ecoutez-moi bien, Gowan, ce que je fais ne m'amuse pas et me fatigue beaucoup, mais il faut qu'il en soit ainsi. Ne compliquez pas ma tâche, sinon, je vais de nouveau vous frapper sur la tête avec la crosse de mon revolver. Vous avez saisi ? Alors, à vous de décider !

Le fermier Peter Hovenan se sentait d'excellente humeur. Il venait de rendre visite aux Collins dont il espérait bien épouser la fille unique, Ruth. Il avait été fort bien reçu, d'où il en déduisait que ses affaires marchaient bien et qu'il pouvait envisager un avenir confortable. Jugeant qu'une pareille réussite valait une récompense, il décida de se l'octroyer en s'offrant un verre au *Fier Highlander* de Callander. Il ne se trouvait plus qu'à deux kilomètres de la petite ville lorsqu'il remarqua une auto arrêtée sur le bord de la route et une femme penchée sur le moteur. En galant homme qui voyait sa bien-aimée Ruth dans toutes les personnes du sexe rencontrées, Peter s'arrêta derrière la voiture qu'il reconnut pour appartenir à Bill Vascott, le garagiste de Callander. Aimable, il offrit ses services à la conductrice, une grande fille aux cheveux rouges et qui lui parut, d'emblée, être une maîtresse femme.

— Quelque chose qui ne va pas, miss ?

Imogène tourna vers le bon Samaritain un visage soucieux.

— Elle a eu quelques hoquets et puis elle s'est arrêtée.

Peter, qui se flattait de s'y connaître en mécanique, eut tôt fait de constater que rien ne flanchait dans le moteur et se demandait bien comment s'en sortir sans perdre la face lorsqu'il eut l'idée de regarder la jauge d'essence. Tout de suite, il fut rassuré.

— Savez-vous, miss, que ces machines-là, elles marchent à l'essence ?

— Voilà une drôle de question, jeune homme !

— Oh ! je vous dis ça parce que vous n'avez plus une goutte de ce liquide dans votre réservoir.

— Par exemple !

— Vous comptez faire une longue étape ?

— Mais non, je vais jusqu'à Callander.

— Dans ce cas, je peux vous dépanner ; j'ai un bidon de cinq litres en réserve.

Hovenan alla chercher son bidon et en versa le contenu dans le réservoir. Imogène se confondit en remerciements et ouvrit son sac pour le payer. Peter faillit sauter sur place en apercevant le revolver. Du coup, il n'avait plus qu'une idée : filer le plus vite possible et il maudit l'instinct chevaleresque qui l'avait fait se porter au secours de cette femme si dangereusement armée. Lorsque miss McCarthery lui eut remis son argent, il bredouilla un merci inintelligible et retourna en hâte vers sa propre machine, mais il crut que ses jambes ne le portaient plus quand en passant près de la portière arrière il vit, à l'intérieur, un homme ensanglanté et ficelé comme un saucisson. Une seconde, le fermier se demanda de quelle façon il lui convenait d'agir. S'il n'avait pas vu le revolver, il se serait précipité au secours de ce malheureux ! Le plus simple consistait à gagner aussi vite que possible le bureau de police de Callander. Hovenan se força à monter sans précipitation dans sa voiture, à démarrer en douceur, à saluer au passage miss McCarthery, mais dès que dans son rétroviseur il se rendit compte que la terrible femme ne s'intéressait pas à lui, il appuya à fond sur l'accélérateur et son auto bondit. Occupée à rabaisser les ailes de son capot, Imogène s'arrêta pour regarder son dépanneur disparaître au tournant dans un ululement plaintif de pneus et elle secoua la tête en pensant que la jeunesse d'aujourd'hui se comportait d'étrange façon.

Résigné, abandonnant un combat qui le minait, depuis huit jours qu'il essayait en vain de s'en sortir avec honneur, Archibald McClostaugh, piétinant son amour-propre, montra d'un geste tragique l'échiquier où, une fois de plus, les pions étaient rangés en ordre parfait et, d'une voix où se devinait l'amertume du guerrier vaincu, il demanda au constable :

— A votre avis, Samuel, comment feriez-vous les « noirs » mat en trois coups ?

Tyler se pencha sur le problème proposé, mais il n'eut pas le temps de se forger une opinion car, dans le gémissement de ses freins bloqués, une auto s'arrêtait devant le poste de police. Une fraction de seconde plus tard, Peter Hovenan entrait comme un fou dans le bureau d'Archie, criant :

— Chief ! Chief !

Puis, incapable d'en dire plus, il se laissa tomber sur une chaise, terrassé par l'émotion. Les deux policiers se regardèrent d'un air de dire : « Il est saoul ! C'est une farce ! » McClostaugh empoigna Peter par l'épaule et le secoua avec rudesse.

— Et alors, quoi, mon garçon ? Où est-ce que vous vous croyez ici ?

— Chief, si vous saviez !

— Si je savais quoi ?

— Cette femme...

Instinctivement, les deux policiers se regardèrent de nouveau, car le mot « femme » évoquait irrémédiablement dans leur esprit l'annonce d'une catastrophe depuis qu'ils avaient affaire à Imogène McCarthery.

— Vous vous décidez à parler, oui ou non ?

— Elle cachait un revolver dans son sac. Je l'ai constaté quand elle m'a donné l'argent ! Et ce type, la figure pleine de sang, un bâillon sur la bouche et ficelé de partout ! Elle avait oublié d'y mettre de l'essence : sans ça je l'aurais jamais repéré, ce type !

Archibald McClostaugh annonça paisiblement :

— J'ai toujours entendu dire que la folie était contagieuse. En voilà un exemple, Tyler. Il a suffi que cette damnée fille aux cheveux rouges s'amène dans le patelin pour qu'ils deviennent piqués les uns après les autres...

Peter sauta sur ses pieds.

— Oui, elle a les cheveux rouges ! Même que ça m'a rappelé la sœur du pasteur !

Tyler réussit à ramener un peu de clarté dans le discours du fermier qui finit par donner un récit presque cohérent de sa rencontre avec Imogène. Ecœuré, Archibald n'intervint que pour affirmer :

— Votre inconnue, nous la connaissons bien. Il s'agit de miss McCarthery.

— Celle qui... ?

— Oui, celle qui...

— Et vous ne faites rien pour sauver ce malheureux ?

— Rassurez-vous, jeune homme, miss McCarthery a l'habitude de nous apporter son tableau de chasse... D'ailleurs, jugez-en par vous-même, la voilà !

Abasourdi, Peter vit entrer Imogène qui s'adressa au constable.

— J'ai un paquet pour vous, Tyler, dans la voiture !

Archibald cligna de l'œil au jeune fermier.

— Hein ? Qu'est-ce que je vous disais ? Et, maintenant, mon ami, débarrassez-nous le plancher !

Hovenan essaya de ruser pour rester. Il aurait bien aimé assister à ce qui allait se passer mais McClostaugh le mit à la porte sans hésiter.

Pour quitter le poste de police, Imogène attendit que les policiers d'Edimbourg soient venus chercher Gowan Ross, qu'ils avaient réclamé sitôt qu'Archibald, fidèle à sa consigne, leur eut télégraphié pour leur apprendre le nouvel exploit de miss McCarthery. Comme par hasard (et c'est ce qui faisait le plus enrager McClostaugh) ces messieurs étaient au courant et déjà en route pour prendre livraison du gibier. Quant à Gowan Ross, il se trouvait dans un tel état de moindre résistance physique qu'il avoua tout ce qu'on souhaitait l'entendre avouer. Sa seule incartade fut, au moment de sortir avec les hommes d'Edimbourg, de se planter devant miss McCarthery et de la traiter grossièrement de : « Garce ! »

Dans le silence qui suivit, on entendit le chief-constable remarquer :

— Ces voyous-là ont quelquefois le sens de l'observation...

Imogène le foudroya du regard et s'en alla. Quand elle apparut sur le trottoir, les curieux s'écartèrent sans un mot. Pour miss McCarthery, ce silence était pire que la plus cruelle injure. Que leur avait-elle donc fait ? Ne pouvaient-ils comprendre que c'est pour eux qu'elle risquait sa vie ? Ah ! l'ingratitude des foules... En arrivant chez elle, l'Ecossaise trouva Mrs Elroy qui paraissait la guetter.

— Vous êtes revenue, Mrs Elroy ?

— Oui, je suis revenue, miss McCarthery, pour vous dire que je m'en vais.

— Vous vous en allez ?

— Je vous avais prévenue ! J'ai appris ce que vous avez fait à cet homme dans les Trossachs...

— Mais c'est un criminel !

— Ma mère, elle disait : « Dis-moi qui tu fréquentes et je te dirai qui tu es... » Si feu le capitaine voyait ça...

— Si feu le capitaine voyait une idiote de votre espèce se mêler de ce qui ne la regarde pas et se permettre de juger ce qu'elle ne comprend pas, il se lèverait de sa tombe pour lui botter le derrière !

Mrs Rosemary Elroy manqua en avaler son dentier. C'était la première fois, en soixante-dix années, qu'on lui parlait sur ce ton. Elle eut envie de répondre, mais l'aspect d'Imogène l'en dissuada. Elle se contenta d'affirmer :

— Vous me devez deux livres et six pence.

Miss McCarthery fouilla dans son sac.

— Les voilà et, maintenant, filez !

— Plus souvent que je resterais chez une fille de votre acabit !

A bout de nerfs, Mrs Elroy partie, Imogène monta dans sa chambre et pleura. Elle ne puisait aucun réconfort dans la certitude de la présence autour d'elle de son trio tutélaire : Robert Bruce, Walter Scott et son père. Devant la cruauté des vivants, les morts ne pesaient plus que leur poids d'ombre. La pauvre et dolente Imogène partait à la dérive lorsque, soudain, une pensée troua la grisaille de son esprit, y mettant la plus douce, la plus chaude, la plus réconfortante des lumières : puisque ni Lyndsay ni Ross n'avaient écrit le billet doux, c'était donc Allan Cunningham son auteur !... Allan !... Cher Allan pour qui le cœur d'Imogène battait comme celui de Juliette pour Roméo... mais une Juliette qui eût été plutôt la tante que la contemporaine de son amoureux. Cette question de bulletin de naissance jetait bien un froid sur l'enthousiasme de la fille du capitaine de l'armée des Indes, mais elle se persuadait que le cœur n'a pas d'âge, surtout quand il n'a jamais servi. Allan, blessé par la vie, cherchait sans doute la quiétude auprès d'une compagne qui serait pour lui tout ensemble une mère, une sœur et une maîtresse. Miss McCarthery se croyait capable d'assumer tous ces rôles. Le pauvre chéri devait s'ennuyer là-bas parmi les chanteuses et les danseuses de *La Rose sans épines*... Sans doute s'imaginait-il totalement oublié ? Cher grand fou ! Comme il allait être fier de son Imogène quand il saurait la façon dont elle s'était conduite pour démasquer les deux espions qu'il prenait pour des amis. En attendant que sir Henry Wardlaw daignât réintégrer *Les Moors*, miss McCarthery estima que seul pouvait la protéger celui qui deviendrait son protecteur naturel : Allan Cunningham. Aussitôt, elle entreprit de lui écrire pour l'appeler au secours. Elle rédigea une très jolie lettre où, sans rien perdre d'une réserve pudique que sûrement le garçon apprécierait, elle lui laissait entendre qu'il ne devait pas perdre l'espoir de voir un jour ses vœux comblés, un jour plus proche peut-être qu'il ne le pensait...

Lorsque l'Ecossaise eut terminé la rédaction de ce qu'elle tenait pour sa première lettre d'amour, elle s'aperçut qu'elle ignorait l'adresse précise de son Roméo. Mais cela ne l'arrêta pas car, comme toutes les amoureuses, elle fit confiance au monde pour prendre soin de ses amours et, de sa haute écriture, elle inscrivit sur l'enveloppe :

Mr Allan CUNNINGHAM
The Rose without thorns
Public House
Care of postman
Edimbourg
(Ecosse)

Miss McCarthery, redevenue elle-même, sortit d'un pas ferme pour porter la lettre à la poste et, quand elle revint, elle trouva Nancy Nankett dans son jardin.

10

Bien que d'un naturel peu démonstratif dans tout ce qui relevait de l'univers sentimental, Imogène, le premier moment de surprise passé, ouvrit les bras à son amie et l'embrassa avec ardeur avant de l'entraîner dans la maison. Pendant qu'elle lui préparait un dîner léger, miss McCarthery interrogea miss Nankett.

— Chère Nancy, par quel miracle vous trouvez-vous à Callander ?

— Vos lettres...

— Mes lettres ?

— Elles m'ont complètement affolée ! Ces attaques auxquelles vous êtes en butte, ces hommes que vous me dites tuer avec un sang-froid qui m'épouvante ! Tout cela m'a conduite à penser que vous ne pouviez pas rester seule plus longtemps. Janice Lewis m'ayant cédé son tour de vacances, j'ai sauté dans le premier train qu'on m'assura capable de me conduire à Callander.

Tout en déposant devant elle une assiette de porridge, Imogène déclara d'une voix vibrante de tendresse :

— Nancy, je n'oublierai jamais ce que vous avez fait pour moi !

— Vous avez, de votre côté, toujours été très chic à mon égard au bureau.

— Ce n'était pas une raison pour gaspiller votre congé !

— Je ne le gaspille pas, rassurez-vous, car j'ai bien l'intention de vous demander de m'emmener visiter les Highlands.

— Je vous promets, Nancy, que sitôt ma mission terminée — elle le sera sous peu maintenant — je vous servirai de guide et qu'en rentrant à Londres vous connaîtrez les Highlands aussi bien que n'importe quel Highlander !

En dépit des protestations de Nancy, Imogène — lorsqu'elles furent au salon — déboucha une bouteille de whisky en affirmant qu'avec toutes ses aventures elle avait perdu le goût du thé vespéral et que le porto lui semblait un peu fade pour quelqu'un jouant avec la mort. Impressionnée, miss Nankett n'osa plus soulever la moindre objection. Jusqu'à une heure avancée de la nuit, miss McCarthery raconta à son amie tout ce qui lui était arrivé depuis son départ de Londres. Elle lui confia (car il fallait bien qu'elle se confiât à quelqu'un et, de plus, sir Henry devant rentrer sous peu, il n'y avait plus grande raison pour observer le secret) en quoi consistait sa mission et lui révéla la cachette où elle dissimulait les précieux documents. Miss Nankett, contrairement à son amie, n'avait rien d'une amazone toujours prête au combat. Malgré son peu de penchant pour le whisky, elle trempa fréquemment ses lèvres dans son verre, tant elle se sentait à la fois effrayée et passionnée par ce qu'elle entendait. Lorsqu'elle fut autorisée à donner son avis, elle dit sa conviction que les impitoyables adversaires d'Imogène — et notamment cet homme aux yeux bleus et à la moustache de phoque — ne désarmeraient pas jusqu'à l'ultime moment où ils reconnaîtraient avoir perdu la partie. Et puisque les policiers de Callander étaient des incapables, la sagesse ne conseillait-elle pas de réclamer un renfort à Londres ? C'est alors que miss McCarthery avoua qu'elle attendait Allan Cunningham et elle fut ainsi amenée à renseigner son amie sur ses histoires intimes qui doublaient ses exploits. Nancy s'intéressa davantage encore à celles-là qu'à ceux-ci.

Imogène lui rapporta, avec force détails, l'incident du billet doux (qu'elle alla chercher dans son armoire pour le lui montrer et étayer ainsi ses dires) et comment, avec prudence, elle l'avait d'abord attribué à Andrew Lyndsay, puis à Gowan Ross et pour quelles raisons — les deux membres du trio éliminés — elle devait admettre que c'était Allan Cunningham qui l'aimait sans avoir osé le lui avouer autrement que de cette discrète manière. Sollicitée, miss McCarthery brossa un portrait enthousiaste d'Allan, et si vrai que miss Nankett ne put s'empêcher de remarquer :

— Mais... c'est un jeune homme ?

Imogène rougit.

— Tout de même ! Allan ne doit pas être très loin de la quarantaine, vous savez...

— Il ne l'a pas atteinte ?

— Je ne crois pas... Oh ! je devine ce que vous pensez...

— Je vous assure...

— Si ! si ! et c'est normal... Comment un homme encore très jeune peut-il s'éprendre d'une femme qui ne l'est plus... tout à fait ? Question que je me suis également posée, vous vous en doutez bien, mais l'amour suit parfois d'étranges chemins et, grâce à Dieu, il existe peut-être encore des hommes qui demeurent plus sensibles aux beautés intérieures qu'aux apparences. D'ailleurs, Allan, qui s'occupe d'engager des artistes, doit être écœuré de toutes ces jolies filles sans cervelle... Et puis, enfin, il en est ainsi, n'est-ce pas ? Inutile donc de se mettre martel en tête.

La matinée était déjà bien avancée quand Imogène prépara le plateau du breakfast et le porta à son invitée, qui la reçut avec amitié et un peu de confusion. Assise au chevet de son amie, miss McCarthery la regardait manger tout en lui exposant le programme de la journée, qui consistait surtout à lui faire connaître les décors des drames qu'elle venait de vivre. Elle était lancée dans ses explications lorsque la sonnette du jardin, maniée d'une main ferme, résonna longuement. Imogène se dressa d'un élan.

— C'est Allan !

Elle se précipita vers la glace, sous l'œil amusé autant qu'attendri de Nancy, puis courut vers la porte en disant :

— Je suis ridicule, n'est-ce pas ?

Miss Nankett éclata de rire.

— Mais non, vous êtes amoureuse, tout simplement !

Il ne s'agissait pas d'Allan, et miss McCarthery, dépitée, se trouva en présence du constable Tyler. Elle se montra des plus revêches.

— Qu'est-ce que vous voulez ?

— Excusez-moi de vous déranger, miss, mais je ne viens qu'à titre officieux...

— Pour me dire quoi ?

— C'est de la part du chief-constable.

— Et alors ?

— Voilà... C'est son jour de congé aujourd'hui... Il aimerait bien aller pêcher...

— Qu'est-ce que vous pensez que cela puisse me faire qu'Archibald McClostaugh aille à la pêche ou au diable ? Il n'a pas besoin de ma permission, j'imagine ?

— Dans un sens, miss... Il souhaiterait savoir si vous avez l'intention de faire encore des dégâts aujourd'hui, dans ce cas, n'est-ce pas, il resterait au bureau pour réceptionner le ou les cadavres...

— Samuel Tyler, seriez-vous ivre de si bon matin ? Archibald McClostaugh complètement idiot ? Désirez-vous simplement vous moquer de moi ?

— Ne vous fâchez pas, Imogène, et...

— Fichez-moi le camp, Tyler, avant que je ne me mette en colère pour de bon et dites au chief-constable qu'il est le plus damné crétin qu'on puisse encore trouver en Écosse !

Sur cette appréciation définitive, Imogène tourna les talons, laissant le constable fort déconfit.

Nancy mit un tablier pour aider Imogène aux soins du ménage et la matinée passa paisiblement en conversations — où miss McCarthery tenait la vedette, car elle avait beaucoup à raconter — que ces demoiselles poursuivirent tout en maniant chiffons et balais. Vers midi, elles se rendirent à la cuisine pour préparer un repas simple mais copieux qui leur donnerait les forces nécessaires afin d'exécuter leur projet d'une longue marche à travers la campagne de Callander. Imogène épluchait des oignons lorsqu'on frappa à la porte du jardin. Du dos de sa main, elle essuya ses yeux gonflés de larmes et dit tout en ôtant son tablier :

— J'espère que ce n'est pas Allan ! Je ne suis pas à mon avantage...

C'était Allan. En voyant miss McCarthery, il se précipita vers elle et prit ses mains dans les siennes.

— Je suis venu aussi vite que je l'ai pu... Vous pleurez ?

— J'épluchais des oignons.

Son élan coupé par cette prosaïque observation, Allan parut flotter un instant et Imogène se jeta à son secours.

— Entrez vite, cher Allan ! Maintenant que vous êtes là, je suis persuadée que toutes mes misères sont terminées !

— En tout cas, je reste ici pour vous protéger et je conseille vivement à ceux qui vous ennuient de faire attention. Je n'ai pas pour habitude de laisser importuner les personnes qui... qui... enfin, vous comprenez ce que je veux dire ?

— Oui, Allan...

L'Ecossaise chargea sa brève réponse de toute l'émotion dont elle était capable. Ensemble, ils gagnèrent la cuisine où, à leur entrée, Nancy se leva.

— Nancy chérie, je vous présente Allan Cunningham... Allan, voici Nancy Nankett qui, elle aussi, est venue à mon secours.

— Monsieur Cunningham, Imogène m'a beaucoup parlé de vous.

— J'en suis flatté, miss, du moins si, comme je l'espère, elle ne vous en a pas dit du mal ?

— Ce serait plutôt le contraire !

Toute rougissante, Imogène intervint.

— Voulez-vous bien vous taire, Nancy ? Quant à

vous, Allan, aurez-vous la bonté de m'apprendre pour quelles raisons vous m'avez abandonnée sitôt votre arrivée à Callander ?...

— Dispensez-moi de vous répondre, Imogène... Au surplus, je veux croire que votre lettre si confiante, si affectueuse, signifie que... que vous avez compris les vraies raisons de... de ma fuite ?

Miss McCarthery ne savait plus si elle avait envie de rire ou de pleurer.

— Nancy, qui croirait qu'un grand garçon comme celui-là puisse être si timide ?

— En effet... Eh bien ! pour punir Mr Cunningham, il va nous aider à faire la cuisine !

— Avec joie !

Tout en épluchant les légumes, parant la viande, dressant le couvert, les trois hôtes de la vieille maison se lancèrent dans un débat animé dont Nancy fut rapidement écartée par la force des choses. Lorsque Allan apprit les tentatives meurtrières de Lyndsay et de Ross, il ne put maîtriser son indignation et lâcha un ou deux jurons dont il pria bien vite ces dames de l'excuser. A son avis, Lyndsay et Ross, rencontrés à son club, souhaitaient se servir de lui comme d'un paravent. Lorsque Lindsay parla d'un séjour en Ecosse, Allan, appelé à Edimbourg pour affaires, accepta avec enthousiasme car il était, lui aussi, un pêcheur fervent. Et puis, ce furent la rencontre d'Imogène dans le train, l'impression que cette dernière s'intéressait beaucoup à Lyndsay et le coup de téléphone d'Edimbourg qui lui permit de s'écarter. Avec une entière bonne foi, Imogène — oubliant ses projets matrimoniaux avec Lyndsay et Ross — protesta qu'elle n'avait jamais prêté la moindre attention à Lyndsay. Allan parut tout à la fois convaincu et heureux. Pour terminer ses explications, il ajouta :

— Cependant, Imogène, il y a une chose que je ne saisis pas... Pourquoi ces deux hommes tenaient-ils tant à venir ici et pour quels motifs se sont-ils acharnés après vous au point de vouloir vous tuer ?

Miss McCarthery n'hésita que quelques secondes avant de répondre. Il ne lui semblait pas qu'elle avait le droit de cacher la vérité à celui qu'elle considérait comme son futur mari et elle le mit au courant de sa mission, que le retour de sir Henry Wardlaw allait bientôt terminer. Stupéfait, Cunningham semblait ne pas en croire ses oreilles, puis, avec un enthousiasme presque juvénile, il proclama qu'elle était bien la personne la plus extraordinaire qu'il ait encore jamais rencontrée. Nancy fit chorus avec lui et Imogène, rose de plaisir, le cœur battant à grands coups, partit chercher le whisky pour dissimuler son trouble.

Après le repas, qu'Allan déclara être le meilleur qu'il eût fait de sa vie, les trois amis s'en allèrent se promener. Auparavant, on convint que Cunningham logerait, lui aussi, dans la vieille maison, Nancy servant de chaperon.

Au portrait que lui en avait brossé Imogène, Allan reconnut tout de suite Herbert Flootypol lorsqu'ils entrèrent tous trois au *Fier Highlander* pour y prendre le thé. Le Gallois consommait paisiblement dans un coin de la salle et semblait ne se soucier de personne. Occupé à tirer de la bière, Ted Boolitt salua joyeusement Imogène de loin et envoya Thomas prendre la commande. Miss McCarthery s'était installée de façon à avoir en face d'elle Flootypol, la présence d'Allan lui donnant toutes les audaces. Elle se mit à émettre des remarques plutôt désagréables sur les Gallois, puis sur les gens qui portent de curieuses moustaches, approuvée par Cunningham, tandis que Nancy, mal à l'aise, les suppliait de se taire. Herbert Flootypol les fixa de ses yeux bleus et ne les quitta plus du regard... Gênés, ils essayèrent de continuer leurs moqueries, mais se sentirent très vite embarrassés. Excédé, Allan se leva et se dirigea vers la table du Gallois.

— Monsieur, vous nous examinez d'une manière qui ne me plaît pas...

Aussitôt, le silence régna dans la salle et Ted Boolitt, s'essuyant les mains, quitta son comptoir.

— Vous n'avez qu'à changer de place.

Herbert Flootypol avait répondu avec un calme qui, dans ce milieu où l'exaltation écossaise faisait sans cesse bouillonner les esprits, s'assimilait à une insulte des plus cruelles. Les clients du *Fier Highlan-*

der le comprirent si bien qu'ils ne lâchèrent plus les antagonistes du regard tandis que Thomas, le garçon, mettait la main sur le téléphone afin d'appeler Tyler à la rescousse, le cas échéant. Ted Boolitt s'interposa entre les adversaires.

— Gentlemen !... N'oubliez pas qu'il y a des dames !

Cunningham ricana.

— C'est justement pourquoi je ne veux pas admettre que cet individu se conduise comme un grossier personnage !

Herbert soupira.

— Sans doute avez-vous bu ?

— Moi ?... Elle est raide, celle-là ! Si vous voulez vous lever, je suis prêt à vous montrer que j'ai des réflexes encore intacts !

— Si vous y tenez absolument, mais c'est complètement idiot...

Le Gallois se dressa pesamment et les clients estimèrent que les chances, entre les deux hommes, n'étaient pas égales. Ils en éprouvèrent une brusque antipathie pour Allan. Ted Boolitt, voyant que ses efforts conciliateurs se révélaient inutiles, adressa un signe convenu à Thomas qui, très discrètement, téléphona au bureau de police, puis commença à écarter les tables et les chaises afin de laisser le champ libre aux rivaux. A dire vrai, Cunningham ne se sentait pas très fier de lui. Boxer cette espèce de bureaucrate ventru et mou n'avait rien d'un exploit. Sans la présence de ses amies, il aurait renoncé, mais maintenant il se trouvait trop engagé. Flootypol, ayant posé soigneusement son melon, demanda à Allan, qui le dominait presque d'une tête :

— Et alors ?

— Présentez vos excuses à ces dames, si vous voulez éviter la correction !

— Je préfère la correction !

L'assistance, favorablement impressionnée, passa presque tout entière dans le clan du Gallois.

— Comme vous voudrez !

Cunningham, sur la pointe des pieds, esquissa deux ou trois feintes rapides et expédia un direct du gauche à son rival dont il visa le nez, persuadé que la douleur et la vue du sang suffiraient pour amener son adversaire à composition. Mais le poing d'Allan n'atteignit pas le visage de Flootypol et ce qui suivit immédiatement, Cunningham ne s'en rendit pas très bien compte. Lorsqu'il reprit ses esprits, il se trouvait étendu sur le dos, à moitié assommé par sa chute, qui l'avait fait rencontrer le plancher après un rapide passage par-dessus le dos du Gallois. Les amis de Ted Boolitt poussèrent un hourra ! d'enthousiasme, tandis qu'Imogène, se ruant au secours de son chevalier, se jetait griffes en avant sur Flootypol, qui rompit le combat. Mais une voix sévère figea tout le monde sur place :

— Alors, qu'est-ce qui se passe là-dedans ?

La silhouette de Samuel Tyler s'encadrait dans la porte. Quand il vit Imogène, il poussa un soupir avant de déclarer :

— J'aurais dû m'en douter !

L'arrivée du policier calma l'effervescence générale. Chacun retourna à sa place et, comme personne ne portait plainte, Tyler accepta le verre que lui offrait Ted Boolitt pour le payer de son dérangement. Miss McCarthery et ses amis sortirent dans le silence hostile et Imogène dut s'avouer qu'elle continuait à s'aliéner l'opinion publique de Callander. En d'autres temps, elle en eût éprouvé de la peine, mais, aujourd'hui, la présence d'Allan la rendait indifférente à tout ce qui ne relevait pas de ses préoccupations sentimentales. Quand miss McCarthery et ses hôtes eurent regagné leur demeure, Nancy déclara qu'elle avait été tellement effrayée par cet incident qu'elle sollicitait la permission d'aller se coucher sans dîner. On la lui accorda et Imogène promit de lui monter une tasse de thé. Bien qu'elle aimât la jeune fille, Imogène se souciait d'abord de la santé de Cunningham, qu'elle força à absorber un scotch bien corsé, tout en lui demandant s'il ne souffrait pas de quelque partie de son corps.

— C'est de mon amour-propre blessé que je souffre, chère Imogène... Je me suis couvert de ridicule sous vos yeux... Je ne me le pardonnerai pas !

— Ne dites pas de sottises, cher grand ami !

— Mais comment pouvais-je supposer que cet homme d'apparence si veule me porterait une pareille prise de judo ?

— Vous ne le pouviez pas, Allan ! Cet individu est un lâche pour employer de telles méthodes de combat !

— Vraiment, chère Imogène, vous ne m'en voulez pas ?

Bouleversée, elle caressa la joue du garçon et chuchota :

— Allan... Je me souviendrai toujours que vous avez risqué la mort pour moi... Mais il faut que je monte une tasse de thé à cette pauvre Nancy. Détendez-vous, reposez-vous. Je reviens tout de suite.

Nancy ne dormait pas, trop énervée. Son état fébrile inquiéta Imogène qui se demanda si elle n'agirait pas avec sagesse en appelant le médecin. Miss Nankett, à qui elle fit part de cette intention, protesta hautement. Elle se sentait nerveuse parce qu'elle réalisait seulement maintenant tous les dangers courus par son amie : elle n'oublierait jamais le regard sinistre de ce Gallois. Il était hors de doute pour elle que cet homme n'hésiterait pas une seconde à tuer Imogène pour s'approprier ses papiers. Elle tremblait pour son amie. Emue, miss McCarthery, à qui jamais personne n'avait témoigné pareille tendresse, refoulait ses larmes avec peine.

— Je vous promets de me montrer très prudente, Nancy chérie...

— Cela ne suffit pas, Imogène, nous ne pourrons être sans cesse à vos côtés et je devine ce monstre rôdant dans l'ombre, prêt à vous sauter dessus !

Il vibrait une telle certitude dans les paroles de Nancy qu'Imogène en fut impressionnée.

— Ma chérie, je ne puis avancer le retour de sir Henry !

— Ne pourriez-vous trouver une cachette qui vous éviterait de porter ces documents sur vous ?

— Où en dénicher une plus sûre ?

— Mais, voyons, il n'en est pas de plus dangereuse !

— Tant pis !

— Ne parlez pas ainsi, Imogène, vous me rendez folle ! Ecoutez... pourquoi ne confieriez-vous pas vos papiers à Mr Cunningham ?

— A Allan ?

— Vous avez confiance en lui, n'est-ce pas ?

— Bien sûr, mais je n'ai pas le droit de le laisser s'exposer à ma place !

— Personne ne le saura ! Et c'est au contraire la seule vraie chance que ces documents ne tombent pas entre les mains de cet abominable individu ! Je suis certaine que Mr Cunningham serait profondément touché de cette marque d'estime...

Ce dernier argument ouvrit de charmantes perspectives dans l'esprit de miss McCarthery. C'est vrai qu'en remettant son honneur entre les mains d'Allan elle lui ferait le plus tendre des aveux et peut-être alors que, de son côté, il se déciderait à prononcer les mots qu'elle attendait...

— Vous avez sans doute raison, Nancy... J'étudierai la question...

Au salon, Cunningham semblait particulièrement apprécier le whisky de miss McCarthery. Quand cette dernière entra, il se leva et ne se rassit que lorsqu'elle eut pris place en face de lui.

— Comment va miss Nankett ?

— Mieux... La pauvre petite s'inquiète à mon sujet. Elle redoute qu'on m'assaille de nouveau pour me voler cette enveloppe renfermant les plans du Campbell 777. Elle souhaiterait que je vous les remette.

— Excellente idée ! Je vous jure que personne ne me les prendra, à moi !

— J'en suis convaincue, mais... Allan... vous devez comprendre que ces papiers m'ont été confiés... que je ne puis m'en dessaisir auprès de n'importe qui...

— Suis-je vraiment n'importe qui à vos yeux, Imogène ?

— Non, bien sûr, mais...

D'un geste vif, il lui prit les mains.

— Imogène, il est temps que je parle... Vous avez deviné mes sentiments à votre égard, n'est-ce pas ?

Ce billet que je n'ai pas eu le courage de signer... Cet aveu que je n'ai pas eu l'audace de faire, me permettez-vous de l'exprimer à présent ?

Miss McCarthery n'entendait plus son vis-à-vis qu'à travers le bruit assourdissant de son cœur. Elle balbutia :

— Je... je vous en prie...

— Imogène, je vous aime... voulez-vous devenir ma femme ?

L'Ecossaise poussa un cri léger d'oiseau blessé.

— Vous ai-je fâchée ? Refuseriez-vous ma proposition ?

— Non, non, Allan... mais... je suis votre aînée... de plusieurs années...

— Qu'importe ! L'amour ne se soucie pas de l'âge... Vous avez un cœur de vingt ans ! Plus jeune que le mien... Dites oui, Imogène ! Vous ferez de moi le plus heureux des hommes !

— Attendez... attendez un instant, je...

Se levant rapidement, Imogène se précipita dans la cuisine, dont elle referma la porte derrière elle au verrou et, après avoir bu un grand verre d'eau, elle se déshabilla pour prendre l'enveloppe, se rhabilla et retourna au salon.

— Voici ces documents pour lesquels j'ai failli mourir, Allan... En vous les remettant, je vous donne la plus grande marque de confiance que je puisse vous donner... Mais puisque nous allons devenir mari et femme, pour le meilleur et pour le pire, il est juste que nous partagions tout de suite les responsabilités.

Cunningham prit l'enveloppe et la glissa dans sa poche.

— Imogène, il faudra me tuer pour me la prendre maintenant !

— Cher Allan, si l'on vous tue, il faudra me tuer aussi !

Embarrassés, ils restaient debout, ne sachant plus trop quoi faire après cet élan qui les avait transportés sur les cimes. Foulant aux pieds sa pudeur, miss McCarthery insinua :

— N'est-il pas d'usage que des fiancés s'embrassent ?

— Je n'osais pas...

Cunningham prit miss McCarthery dans ses bras et cette dernière, fermant les yeux, tendit ses lèvres pour savourer le premier baiser de sa vie, mais Allan l'embrassa sur le front. Elle pensa qu'il était vraiment très timide.

Imogène ayant manifesté l'intention de prendre une tasse de thé avant de se coucher, Allan tint à le préparer lui-même et, quand il le lui apporta, il déclara qu'il en serait désormais ainsi tout les soirs. Imogène était si touchée par cette tendresse qu'elle n'osa pas dire à son fiancé qu'elle trouvait son thé bien amer et que, dans son émotion, il avait dû oublier le sucre.

Bientôt, miss McCarthery, engourdie dans un bien-être peuplé de charmantes visions, se rendit compte qu'elle glissait dans le sommeil. Elle voulait lutter mais, pour une fois, la lassitude l'emportait sur sa volonté. Elle prit congé d'Allan et, avec toutes les peines du monde, regagna sa chambre. En passant devant la porte de Nancy, elle voulut entrer pour lui apprendre ses fiançailles, mais elle n'en eut pas la force. Elle mit un temps infini à se déshabiller, glissant à tout instant dans une somnolence dont elle s'arrachait à grand-peine. Quand elle fut en toilette de nuit, elle tomba sur son lit plutôt qu'elle ne s'y allongea et, avant de perdre conscience, elle eut le temps de remarquer que la grande voix du vent sur la lande chantait la *Marche nuptiale* de Mendelssohn.

11

Imogène sortit de son sommeil comme on descend d'un train après une nuit d'insomnie passée dans un compartiment empli de gens qui préfèrent respirer tous les microbes de la création plutôt que d'entrouvrir la fenêtre. Elle se sentait la langue épaisse, la bouche amère et la migraine lui mettait sur la tête un casque d'un poids insupportable. Elle essaya de se remémorer ce qu'elle avait bu, mais en dehors du thé... Allait-elle tomber malade juste au moment où son fiancé se trouvait là ? A cette idée odieuse, sa vieille énergie se réveilla. Elle sauta du lit, mais tout se mit à tourner autour d'elle et elle faillit s'écrouler sur le plancher. Elle n'osa pas appeler à son secours, sachant qu'Allan arriverait le premier et elle ne tenait pas à paraître dans cet état à ses yeux. En se cramponnant au lit, à la table, au dossier du fauteuil, elle atteignit enfin l'armoire où, dans un tiroir, demeurait en permanence le flacon de whisky qu'on ouvrait en cas de malaise. Imogène le déboucha et, portant le goulot à ses lèvres, en but une longue rasade qui, sur le moment, lui donna la sensation qu'elle s'était abreuvée à un flot de lave en fusion, mais dans l'instant qui suivit, l'emplit d'un bien-être merveilleux. Cher vieux scotch... Attendrie, elle contemplait le flacon salvateur et eut envie de chanter le chant de Robert Bruce. A la réflexion, elle se dit qu'elle risquait de réveiller Allan, qui ne priserait peut-être pas ce genre d'exercice matinal.

Un silence total régnait dans la maison. Ses hôtes devaient dormir. Imogène s'apprêtait à se recoucher lorsqu'elle éprouva une impression bizarre, difficile à définir. Il lui parut qu'il y avait quelque chose d'anormal dans son petit univers familier. Elle s'interrogea pour essayer de deviner la nature de cette anomalie et, soudain, elle se rendit compte que le silence de la maison ne cadrait pas avec la lumière du jour. Agitée par une vague inquiétude, elle prit sa montre et, incrédule, la porta à son oreille. Le tic-tac régulier indiquait qu'elle faisait parfaitement son métier de montre et, pourtant, elle marquait 11 heures et demie ! Jamais encore Imogène n'était restée si longtemps au lit ! Que devaient penser Allan et Nancy ? Mais comment se faisait-il qu'elle ne les entendît point aller et venir ?

Honteuse d'une paresse étrangère à ses habitudes, Imogène se hâta d'enfiler sa robe de chambre et, glissant hors de la pièce avec d'infinies précautions, elle se coula sans bruit jusqu'à la salle de bains où elle s'enferma avec un soupir de soulagement. Malgré l'heure tardive, elle mit plus de temps que de coutume à sa toilette, car elle tenait à paraître devant son fiancé avec le maximum d'éclat. Le visage quelque peu fripé que la glace lui renvoyait l'épouvanta parce qu'en surimpression elle voyait la figure jeune et nette d'Allan. Décidément, il lui fallait s'avouer qu'elle commençait mal sa journée, si tant est qu'on pouvait commencer une journée à midi... Lorsqu'elle fut prête, qu'elle eut passé la robe qu'elle jugeait la plus seyante, elle alla frapper à la chambre de Nancy. N'obtenant pas de réponse, elle entra pour constater qu'il n'y avait personne. Il en était de même dans la pièce occupée par Cunningham. Elle fit quelques pas dans le jardin et appela :

— A... llan ? Nan... cy ?

Mais sa voix se perdit dans l'air léger sans que le moindre écho lui parvînt en retour. Intriguée, elle gagna la cuisine. Vraisemblablement, la sachant endormie et ne voulant pas la tirer d'un repos bienfaisant après toutes les émotions accumulées au cours des derniers jours, Nancy et Allan étaient partis se promener. Ils avaient sagement agi et, pour se punir de sa trop grasse matinée, miss McCarthery se condamna à cuisiner un excellent repas qui serait la meilleure des surprises pour les promeneurs et pour elle la plus aimable des excuses. Son livre de recettes à portée de la main, Imogène se lança dans la confection d'une importante tarte aux prunes, qu'elle se promit de servir après un *bubble and squeak*[1] et une épaule de mouton que Mr Hatchmory, le boucher, lui avait livrée à domicile. Tout cela composait bien un déjeuner un peu lourd mais les estomacs écossais ne se laissent pas arrêter par des détails de cette sorte. Lorsque, le front ruisselant de sueur, les cheveux en désordre, Imogène en eut terminé, elle s'aperçut qu'il était près de 14 heures et que pas plus Allan que Nancy n'avaient donné signe de vie. Dès lors, elle commença à s'inquiéter. Elle leur accorda une demi-heure de grâce, sans plus se préoccuper de sa tarte qui se calcinait, de l'épaule de mouton qui se desséchait et du *bubble and squeak* devenu un magma

1. Mélange de purée de pommes de terre et de choux cuits, réchauffé et frit dans la poêle.

informe. Maintenant, elle était certaine qu'on avait attaqué Allan pour lui voler les documents. Elle n'aurait jamais dû accepter ce que lui proposait Nancy ! Mais Nancy elle-même ? Honteuse, elle se rendit compte qu'elle ne pensait pas au sort de la pauvre Nancy... A 15 h 15, elle se résolut à une démarche qui lui coûtait beaucoup, mais elle ne se croyait pas le droit de tergiverser plus longtemps avec la vérité...

Il ne restait plus que vingt-quatre heures à Archibald McClostaugh pour expédier la solution du problème d'échecs du *Times*. Une fois encore, ayant rangé ses pions sur leurs cases respectives, il méditait, le cerveau congestionné. Tyler entra pour lui annoncer que miss McCarthery désirait lui parler. Archie sursauta, comme piqué par un serpent.

— Ah ! non ! non !

Samuel insista.

— Elle n'a pas son air habituel...

— Ah !

— Elle semble éteinte... anéantie...

— Pas possible !

D'un geste désespéré, McClostaugh montra l'échiquier.

— Tout se ligue contre moi pour m'empêcher de résoudre ce problème !

Alors, ce niais de Tyler, ce pauvre constable de rien du tout, prit un cavalier blanc, puis un fou de la même couleur, avança deux pièces noires et déclara :

— Voilà, chief, les « noirs » sont mat en trois coups... Je fais entrer miss McCarthery ?

Mais, les yeux exorbités, Archie se trouvait dans l'incapacité absolue de répondre. Samuel décida de voir dans ce silence un acquiescement et s'en alla chercher Imogène. Ce fut elle qui rendit ses esprits au chief-constable. En la voyant devant lui, ce dernier grogna :

— Vous revoilà !

— McClostaugh... on ne vous a pas signalé la découverte de cadavres, ce matin ?

— Ma foi non... parce qu'à votre avis on aurait dû le faire ?

— Je ne sais pas... je ne sais plus...

— Ce n'est pas parce que vous craindriez la concurrence, par hasard ?

Trop démoralisée pour s'empoigner avec lui, miss McCarthery conta, d'une voix tremblante, la disparition d'Allan et de Nancy.

— Et pourquoi, bon Dieu ! voudriez-vous qu'il aient été assassinés ? L'assassinat ne compte quand même pas parmi les distractions offertes par les gens de Callander à leurs hôtes ! Ils sont jeunes ?

— Qui ?

— Ce Mr Cunningham et cette miss Nankett ?

— Oui.

— Alors, tranquillisez-vous, ils sont en train de flirter quelque part dans la nature et ils ont oublié l'heure !

Imogène faillit exploser devant tant de stupidité et confier à son interlocuteur qu'Allan et elle s'étaient engagés pour la vie, mais à quoi bon ? Cet épais bonhomme ne comprendrait pas. Elle préféra se retirer, mais Archibald McClostaugh ne devina jamais pourquoi, avant de sortir, miss McCarthery crut bon de le traiter une fois de plus d'imbécile.

Elle avait beau feindre de n'y attacher aucune importance, la réflexion du chief-constable touchant Allan et Nancy, fichée dans son esprit, lui faisait mal. Tout en remontant vers sa maison, elle se répétait que McClostaugh ne connaissait pas Cunningham et qu'il le jugeait comme il aurait jugé n'importe quel garçon. Seule, elle savait ce qu'il valait. Et Nancy ? La tendre Nancy venue tout exprès de Londres au secours de son amie, comment la supposer capable d'une pareille trahison ? Allons ! Elle se mettait martel en tête pour rien ! Cependant, dans sa mémoire, demeurait le reflet de son visage dans la glace de la salle de bains et elle ne pouvait s'interdire de comparer ses traits fatigués à la fraîcheur du minois de Nancy. Absorbée dans ses pénibles réflexions, miss McCarthery faillit heurter Peter Cornway, le coroner.

— Miss McCarthery, je suis bien heureux de vous rencontrer.

— Comment allez-vous, Mr Cornway ?

— Mieux que mes clients, miss !

Une plaisanterie que tout le pays connaissait et qui n'amusait plus que son auteur. Imogène se força à sourire et voulut prendre congé, mais le coroner éprouvait l'envie de bavarder.

— Vos amis vous ont déjà abandonnée ?

L'Ecossaise se sentit défaillir comme à l'approche d'un coup dont on devine l'imminence sans savoir de quel côté il va vous frapper.

— Mes amis, Mr Cornway ?

— Ce jeune homme et cette jeune fille avec qui vous vous promeniez hier après-midi ? Ne logeaient-ils pas chez vous ?

— Si fait.

— Des fiancés, j'imagine ?

Miss McCarthery eut l'affreuse impression que tout son sang se figeait dans ses veines et qu'elle se changeait en un bloc de pierre tandis que Peter enchaînait :

— Je les ai vus prendre le train d'Edimbourg ce matin, à 9 heures. Bras dessus bras dessous, ils paraissaient fort amoureux l'un de l'autre... Quelque chose qui ne va pas, miss ?

— Non, mais depuis hier soir, je ne suis pas dans mon assiette... Vous voudrez bien m'excuser, Mr Cornway...

Perplexe, le coroner regardait s'éloigner Imogène d'une démarche hésitante, se demandant, à son tour, si la fille n'avait pas hérité de son père un penchant accusé pour la bouteille.

Ainsi, ils avaient osé lui faire ça... ! Mais pourquoi ? Pourquoi s'étaient-ils moqués d'elle ? A quoi rimait ce jeu atroce ? Pourquoi glisser ce billet dans son sac ? Pour rire ? Parce qu'il n'y a rien de plus drôle que de voir une vieille fille croire à l'amour ? Nancy... Nancy qui connaissait les sentiments d'Imogène, comment avait-elle pu tolérer de devenir complice de cette horrible farce ? Ou alors, avait-elle succombé sottement au charme d'Allan ? Peut-être éprouverait-elle de la honte maintenant en pensant à son amie ? Pauvre Nancy...

Lourdement, péniblement, devenue soudain une très vieille demoiselle, miss McCarthery se leva du fauteuil où elle remâchait sa peine. Elle s'obligea à se regarder dans le miroir, s'examina sans pitié et haussa les épaules. Elle ne pouvait pas lutter contre la jeunesse de Nancy. Tout était dans l'ordre. Les jeunes avec les jeunes, les vieux... mais avec qui ? Elle s'adressa au sourire niais du capitaine de l'armée des Indes.

— Avec qui, dites, daddy, avec qui ?

Robert Bruce... Walter Scott... Leur compagnie ne lui suffirait plus désormais, elle le devinait. A son tour, allait-elle trahir ? Alors qu'elle se dirigeait vers la cuisine, une idée l'arrêta : comment savaient-ils qu'elle se réveillerait si tard ce matin alors que d'habitude elle sautait hors du lit aux premières heures de la matinée ? Du coup, elle se souvint du goût étrange du thé préparé par Allan, de cette espèce de torpeur la jetant sur son lit, de cette amertume dans la bouche au réveil, de cette migraine... Droguée ! Ils l'avaient droguée ! Mais alors... le cœur d'Imogène s'arrêta de battre. L'enveloppe ! Elle se jeta dans l'escalier, ouvrit la porte de la chambre d'Allan et poussa un cri de joie en voyant son enveloppe bien en évidence sur la cheminée... Les jambes coupées par l'émotion, elle se laissa tomber sur une chaise. Au moins, ils n'étaient pas des voleurs... Une simple fugue amoureuse... Une bonne leçon pour toi, Imogène. Une autre fois, tu y regarderas deux fois avant d'oublier ton âge ! Nancy oserait-elle réapparaître devant elle au bureau ? D'une main tremblante, elle s'empara des précieux papiers. Sir Henry devait être de retour aux *Moors*... Achever cette mission et partir le plus vite possible pour regagner son petit appartement de Chelsea... Elle ne demandait rien d'autre, rien d'autre...

Ayant changé sa robe contre son rustique costume de tweed, troqué ses chaussures fines contre ses habituels souliers à talons plats, redevenue l'Imogène que tout le monde connaissait, elle prit le chemin menant à la demeure de sir Wardlaw.

Sir Henry la reçut immédiatement. A son visage ravagé, il se demanda si son ami Dave Woolish n'avait peut-être pas exagéré ?

— Asseyez-vous, miss McCarthery... Ça a été dur, n'est-ce pas ?

— Très dur. Voici les plans du Campbell 777.

— J'étais certain de votre succès.

— Merci.

Sir Henry saisit un coupe-papier et décacheta la grande enveloppe. Une liasse de feuillets blancs s'en échappa. Il n'osa pas lever les yeux sur sa visiteuse, redoutant son effondrement, mais, quand enfin il la regarda, il fut frappé par le changement extraordinaire survenu en l'espace de quelques secondes. Plus trace de désarroi, mais un visage solide auquel une résolution farouche donnait une jeunesse nouvelle. Ce fut elle qui parla la première.

— Ainsi, il était leur complice...

— Je vous demande pardon ?

— Je n'avais pas de raison de me venger de lui, maintenant, c'est une autre histoire... A demain, sir Wardlaw.

— Où allez-vous ?

— Chercher les plans du Campbell 777.

— Vous savez où ils sont ?

— Je sais qui les a.

— Prenez garde !

— A quoi ? je n'ai plus rien à perdre...

Lyndsay, Ross, Cunningham, le trio complet. Tous d'accord pour la dépouiller, mais chacun avec des méthodes différentes. Et cette imbécile de Nancy qui croyait aux promesses de cette canaille ! Il fallait non seulement qu'Imogène récupérât son bien, mais encore qu'elle arrachât cette sotte de miss Nankett à ce gredin. *La Rose sans épines*... Elle se souvenait des renseignements fournis par Gowan Ross. Dans sa valise, elle mit son revolver.

A Edimbourg, où elle arriva vers 22 heures, miss McCarthery descendit au *Rutland*, près de la gare. Elle prit à peine le temps de faire un brin de toilette et, ayant glissé son énorme revolver dans son sac, elle descendit à la réception où elle faillit provoquer une syncope chez l'élégant jeune homme chargé de renseigner la clientèle lorsqu'elle lui demanda l'adresse de *La Rose sans épines*. Il la lui donna, mais crut de son devoir d'ajouter :

— Puis-je me permettre, miss, de vous suggérer que ce n'est pas un endroit pour quelqu'un de votre qualité ?

— Vous pouvez, mais cela ne m'empêchera pas de m'y rendre.

Et elle sortit de son grand pas solide que n'aurait pas désavoué un grenadier des Coldstream Guards. Le chauffeur qui, au coup de sifflet du concierge, vint se ranger devant l'hôtel pour prendre sa cliente eut, lui aussi, un coup au cœur lorsqu'il l'entendit lui ordonner :

— A *La Rose sans épines* s'il vous plaît ?

— Je vous demande pardon, miss, vous avez bien dit : *La Rose sans épines* ?

— Parfaitement.

— Ce... ce n'est pas un endroit... heu... très bien fréquenté !

— Je m'en doute !

Le chauffeur n'insista pas, mais, tout en manœuvrant ses vitesses, il commença à avoir des doutes sur l'avenir du Royaume-Uni si les demoiselles du genre institutrice passaient leurs soirées dans les tripots les plus douteux de l'Ecosse.

Cependant, ni l'étonnement du préposé à la réception du *Rutland*, ni la surprise du chauffeur de taxi n'égalèrent la stupéfaction du portier de *La Rose sans épines* lorsqu'il comprit qu'Imogène entendait entrer dans sa boîte de nuit.

— Je vous demande pardon, madame...

— Mademoiselle !

— Excusez-moi, miss... mais ce n'est pas un cinéma, ici !

— Confidence pour confidence, jeune homme, je ne suis pas la reine d'Angleterre... Je viens voir Allan Cunningham.

— Comment dites-vous ?

— Allan Cunningham. Je regrette, miss, mais ce gentleman ne fait pas partie de nos habitués.

— Ne vous moquez pas de moi, mon ami, c'est quelqu'un d'important dans votre maison.

Et elle entreprit le portrait détaillé du misérable Allan. Le portier eut un bon sourire ;

— Mais c'est le patron que vous me décrivez là ! Mr Oswald Ferthright !

Ainsi, il ne s'appelait pas plus Cunningham que Lyndsay et Ross ne s'appelaient ainsi... les canailles !

— Je désire lui parler immédiatement !

— Vous avez rendez-vous ?

— Il a couché chez moi, cette nuit, à Callander...

— Non ?

Mais miss Carthery était trop innocente pour deviner le sous-entendu injurieux de ce « non ? » et le portier, amusé, la laissa entrer. La fille qui tenait le vestiaire, vêtue d'un corsage soutien-gorge et d'une jupette lui découvrant les jambes à mi-cuisses, ravala son sourire à la vue de la nouvelle arrivante et ne put s'empêcher de murmurer :

— Vous cherchez quelqu'un, madame ?

Imogène la toisa longuement et, d'un ton très sec, conseilla :

— A votre place, ma fille, j'irais me rhabiller au lieu de m'exhiber dans une pareille tenue ! Songez qu'à ma place un homme aurait pu entrer !

Et elle lui tourna le dos, laissant la fille plongée dans une hébétude qui lui fit se demander, lorsqu'elle reprit ses esprits, si elle avait rêvé ou si quelqu'un s'était amusé à lui jouer un tour. Quant à miss McCarthery, elle fut arrêtée un peu plus loin par le gérant qui, bien qu'il en eût vu beaucoup dans son existence en marge de la loi, ne put réprimer un tressaillement lorsque Imogène se dressa devant lui. Une vieille expérience l'empêcha de se tromper.

— Vous désirez, miss ?

— Voir Mr Oswald Ferthright... Il m'attend !

Le gérant s'inclina, convaincu qu'une personne de cette sorte ne pouvait mentir.

— Si vous voulez bien me suivre, miss ?

Précédant Imogène, il la conduisit vers une tenture qu'il écarta pour découvrir un escalier. Il s'effaça en s'inclinant.

— La première porte à votre droite, miss.

Puis, comme il était en dépit de son air gourmé un plaisantin, il bondit au téléphone et appela le bureau du patron. Il eut Bill, le garde du corps, à l'appareil et lui annonça qu'une curieuse poupée montait les voir.

Quand, après avoir frappé, Imogène entendit la voix de celui qu'elle persistait à appeler Allan, crier : « Entrez ! » elle eut un instant de faiblesse qu'elle surmonta aussitôt. Lorsqu'elle apparut sur le seuil, le faux Cunningham, occupé à emplir des dossiers dans une valise, ne la vit pas tout de suite. Par contre, Bill, le géant, ouvrit des yeux ronds et murmura, sidéré :

— Mince de poupée...

Le ton de son homme de confiance fit relever la tête à Allan, qui émit un long sifflement de surprise.

— Comment diable... ! Bill, tu diras à Mike qu'il est sacqué pour avoir laissé monter quelqu'un sans ma permission.

— Entendu, patron.

Puis Cunningham, ironique, se retourna vers miss McCarthery.

— Vous êtes venue me faire une scène, chérie ?

Imogène frémit de rage, mais se contint.

— Vous n'êtes pas écossais, n'est-ce pas ?

— Je m'en voudrais !

— Je vous prie de me dire ce que vous avez fait de Nancy Nankett et de me rendre les documents que vous m'avez volés !

Allan rit :

— Tu l'entends, Bill ?

— Elle est plutôt culottée, patron, non ?

— Chère miss McCarthery, en ce qui concerne Nancy, vous mettez pas en peine ; elle se porte très bien. Pour ce qui touche les papiers auxquels vous teniez tant, je suis au regret de vous dire je les ai, en effet, mais je les garde.

Pour la narguer, il lui montra la grande enveloppe marquée T-34.

— Vous êtes un voleur, Oswald Ferthright !

— Allons, allons... ne vous fâchez pas, Imogène !

— Je ne crois pas que ce soit possible, misérable canaille !

— Décidément, vous devenez très ennuyeuse, ma chère... Ferme donc la porte, Bill.

L'homme de main alla tirer le verrou.

— Je ne suis pas un voleur au sens où l'entendent ces messieurs de Scotland Yard, douce Imogène... Disons, si vous le voulez bien, que nous ne travaillons pas, vous et moi, pour les mêmes employeurs !

— Vous trahissez votre patrie...

— Je n'ai pas de patrie... C'est bien commode, cela m'évite les remords... Je suis enchanté d'avoir connu un phénomène de votre espèce, miss Mc-Carthery ; si toutes les Anglaises vous ressemblaient, vous demeureriez la première nation du monde. Dommage seulement que vous soyez sentimentale...

— Je ne suis pas anglaise, mais écossaise, et je vous prie de me rendre immédiatement ce que vous m'avez dérobé !

Les deux hommes se regardèrent, amusés.

— Vous voudrez bien m'excuser, ma chère Imogène, mais je prends l'avion tout à l'heure avec mon ami Bill ici présent et comme je ne veux pas que vous créiez des ennuis avec vos excentricités, je me vois dans l'obligation de vous enfermer jusqu'à demain dans le réduit d'à côté où la femme de ménage vous délivrera en prenant son service. Vous vous y rendez de bon gré ou Bill doit-il vous y emmener ?

— Auparavant, Oswald Ferthright, je tiens à vous montrer quelque chose...

— Vraiment ?

Imogène ouvrit posément son sac, fit mine d'y fouiller et quand elle eut levé le cran de sûreté de son arme, qu'elle la sentit bien en main, elle sortit brusquement le revolver, et le dirigea sur Oswald.

— Vous me rendez mon enveloppe maintenant, ou dois-je vous tuer pour la reprendre ?

Ils en eurent tous deux le souffle coupé et Bill, qui n'en croyait pas ses yeux, demanda :

— Patron, jamais je n'ai vu un instrument pareil... C'est un canon atomique ou quoi ?

Ferthright se dressa.

— Cela suffit, Imogène ! Finissez votre numéro, je n'ai plus envie de rire !

— Vous ne rirez plus longtemps, Oswald Ferthright, si je tire...

— Assez ! Bill, enlève-lui cette arme ridicule !

L'homme de main avança doucement en direction de miss McCarthery.

— Allons, tantine, ça ne fait pas sérieux à votre âge ! Vous ne savez pas encore qu'il est défendu de jouer avec les armes à feu ?

— Vous, le gorille, vous feriez bien de rester à votre place !

Bill s'arrêta et jeta un coup d'œil inquiet du côté d'Oswald.

— Vous croyez qu'elle tirerait, patron ?

Ferthright haussa les épaules.

— Imbécile ! Un pareil engin ne peut servir que de massue, et encore !

— C'est qu'elle n'a pas l'air commode...

— De toute façon, si elle te tire dessus, moi je la ferai crever d'une manière qui lui fera regretter de s'être mêlée de toute cette histoire !

Bill ne semblait pas autrement convaincu.

— Oui, mais moi, qu'est-ce que je deviens dans tout ça ?

— Toi, si tu continues, tu vas te retrouver chômeur !

La menace décida le colosse. Il alla vers Imogène, la main tendue.

— Donnez vite le joujou à votre neveu, tantine.

Miss McCarthery tira lorsque Bill ne fut plus qu'à moins d'un mètre. A moins de tourner le dos, elle ne pouvait pas le manquer. Elle l'atteignit en pleine poitrine. Sous le choc, Bill fut stoppé net. Un fracas épouvantable emplit la pièce. Le garde du corps regarda ses mains qu'il crispait sur sa blessure. Le sang giclait entre ses doigts. Il eut encore la force de dire à Ferthright, d'un ton scandalisé :

— Elle a tiré, patron !

Et il tomba le nez en avant. Miss McCarthery fit

un pas de côté pour éviter ce grand corps qui, en heurtant le plancher, secoua le bureau tout entier. On entendit une ruée dans l'escalier et bientôt on cogna à toute volée contre la porte fermée au verrou. Oswald, blanc de rage et de peur, ferma hâtivement sa valise, glissa la grande enveloppe dans sa poche et courut vers l'issue dérobée qui lui permettait de passer par l'escalier emprunté par miss McCarthery. Mais Imogène leva une fois de plus son revolver et tira dans le dos d'Oswald, qui fut littéralement plaqué contre le panneau. Il y resta collé une fraction de seconde avant de glisser au sol. Le faux Allan Cunningham avait rejoint le faux Andrew Lyndsay et le faux Gowan Ross. Miss McCarthery eut le courage de le retourner pour lui reprendre son enveloppe qu'elle glissa dans son corsage, puis elle alla ouvrir à ceux qui étaient en train d'enfoncer la lourde porte de chêne.

Le gérant et trois garçons faillirent s'étaler au milieu de la pièce. Ils demeurèrent un instant médusés par le spectacle qui s'offrait à leurs yeux. Puis, Mike, reprenant ses esprits, marcha vers Imogène.

— C'est vous, hein ? L'auteur de ce massacre ?

Sans lui laisser le temps de répondre, l'œil dur et la bouche mauvaise, il la gifla à toute volée. Miss McCarthery vacilla sous le choc. Le gérant levait le bras pour recommencer, mais il suspendit son geste en entendant qu'on demandait :

— Alors, on frappe les dames, maintenant, Mike ?

Deux policemen se tenaient sur le seuil, et Imogène poussa un soupir de satisfaction.

12

Contrairement à ce qu'elle attendait, Imogène n'eut aucun ennui avec la police d'Edimbourg, qui semblait la connaître parfaitement de réputation ; ce fut même tout juste si le commissaire qui la reçut ne lui adressa pas de patriotiques félicitations pour avoir débarrassé la capitale écossaise de deux fieffés gredins et donné l'occasion à la justice de fermer

La Rose sans épines. Néanmoins, en homme prudent, ce même commissaire conseilla vivement à miss McCarthery de réintégrer Callander au plus tôt.

Peter Cornway, le coroner, fut le premier — en dehors des employés — à apercevoir Imogène McCarthery. Venu à la gare demander si une expédition de planches de sapin, qu'il attendait depuis huit jours, n'était pas encore signalée, il reconnut celle qu'il tenait pour sa bienfaitrice et s'empressa d'aller la saluer, mettant un point d'honneur à la reconduire jusque chez elle pour lui porter son bagage. Il lui dit son espoir qu'elle se réinstallât pour longtemps à Callander où, sans elle, l'existence s'avérait assez morne. Il aurait bien voulu réclamer des éclaircissements sur les ecchymoses marquant le visage de sa compagne, mais il ne s'y risqua point, d'abord parce qu'il se prenait pour un gentleman, ensuite parce qu'il connaissait le caractère de miss McCarthery. Lorsque son chevalier servant l'eut laissée à la porte de sa maison, Imogène monta tout de suite dans sa chambre. Il lui sembla qu'elle l'avait quittée depuis des années. Un sanglot lui noua la gorge quand elle songea qu'ici même, l'avant-veille, Nancy et Allan l'entouraient de leurs soins.

Peter Cornway n'avait pu se retenir d'annoncer à tous ceux qu'il rencontrait le retour de miss McCarthery. Au *Fier Highlander*, les habitués de la maison poussèrent un triple hourra ! en l'honneur de la guerrière aux cheveux rouges, ainsi que l'appelait Ted Boolitt. Mrs Elisabeth McGrew, l'épicière, considéra l'arrivée de son ennemie comme une offense personnelle et injuria gravement son mari qui lui rappelait la liberté de chacun, dans le Royaume-Uni, d'aller où bon lui semblait. Le constable Samuel Tyler vacilla sous le choc quand on lui annonça que la terrible Ecossaise se trouvait de nouveau à Callander. Estimant de son devoir de prévenir immédiatement Archibald McClostaugh, il courut jusqu'au bureau de police. Le chief-constable crut d'abord à une mauvaise plaisanterie et il rappela son subordonné au respect en des termes sévères. Quand il lui fallut se rendre à l'évidence, il sauta sur son téléphone et alerta le Dr Jonathan Elscott pour le sommer de passer immédiatement au bureau de police où l'attendait un malade. Le médecin protesta qu'il avait des rendez-vous urgents, mais Archie ne voulut rien entendre et déclara que, si le praticien ne se rendait pas sur-le-champ à sa convocation, il déposerait une plainte en bonne et due forme contre lui pour négligence de ses devoirs. Vaincu, le docteur annonça qu'il arrivait. Quelques instants plus tard, Elscott, sa trousse à la main, surgissait dans le bureau.

— Alors, où est le blessé ?

McClostaugh le regarda avec hostilité.

— Je ne vous ai pas parlé de blessé, que je sache ? Mais d'un malade !

— Bon. Où se trouve-t-il ?

— Devant vous.

— Quoi ?

— Je suis malade, Elscott, et je réclame huit jours de repos au lit !

— Vous vous fichez de moi, Archibald McClostaugh ?

— Je ne vois pas ce qui vous autorise à...

— Comment ? Vous êtes resté, hier soir, au *Fier Highlander* jusqu'à la fermeture de cet établissement, témoignant d'une dextérité stupéfiante aux fléchettes, à ce qu'on m'a rapporté...

Flatté, Archie convint modestement :

— Le fait est... que je me sentais dans une forme extraordinaire.

— Qui ne laissait rien présager de la subite maladie dont vous prétendez souffrir ?

— Les malaises arrivent inopinément, dois-je vous le rappeler ?

— Votre malaise ne s'appellerait-il pas Imogène McCarthery ?

— Ecoutez, Elscott, nous sommes amis depuis mon arrivée à Callander et je vous demande comme un service personnel de me découvrir une maladie quelconque qui me mettra à l'abri de cette fille pendant huit jours... Vous pouvez bien faire ça pour moi, non ?

Elscott reprit sa trousse et, d'un ton très sec :

— Archibald McClostaugh, je suis assermenté, comme vous d'ailleurs, et si, vous, vous acceptez de transiger avec votre conscience au point de mentir à la Couronne, moi non. Au revoir.

Et le docteur partit, très fier de lui, abandonnant le chief-constable à sa honte et à ses angoisses.

Imogène terminait sa toilette quand il lui sembla qu'on marchait au rez-de-chaussée. Elle prêta l'oreille. Pas de doute, quelqu'un montait l'escalier en prenant soin de ne pas faire de bruit. Affolée, elle jeta un coup d'œil autour d'elle pour chercher une arme, mais ne trouva rien. Elle regretta d'avoir laissé son revolver aux mains des policiers d'Edimbourg. En désespoir de cause, elle se précipita sur l'enveloppe pour tenter de la dissimuler lorsque la porte s'ouvrit devant miss Nankett. La stupeur cloua l'Ecossaise sur place.

— Nancy !

— Laissez cette enveloppe sur la table, Imogène !

Abasourdie, miss McCarthery réalisa seulement à ce moment-là que sa visiteuse tenait un joli petit revolver braqué sur elle.

— Nancy ?

— Reculez-vous, Imogène, ou je tire !

Subjuguée, elle obéit. Miss Nankett s'empara des documents.

— Mais, Nancy...

— Je vais vous abattre, Imogène, pour venger Oswald...

— Nancy, ce n'est pas possible que vous ayez ajouté foi à ce que vous racontait cette canaille ?

— Cette canaille était mon mari depuis trois ans et vous l'avez tué !

— Votre...

Imogène ne savait plus où elle en était. Les idées se heurtaient dans sa tête en feu. Nancy, Allan, Lyndsay, Ross...

— Vous... vous étiez donc au... au courant.

— Et pourquoi croyez-vous que je suis entrée au bureau de l'Amirauté ?

— Une espionne ! Vous !

— Et alors ? Chacun combat pour son pays

comme il l'entend. Je hais l'Angleterre et les Anglais. Personne ne soupçonnait la petite fille timide d'être celle qui transmettait les renseignements qu'elle parvenait à se procurer... et vous, pauvre imbécile, qui pensiez me protéger ! Vous m'avez mise au courant de votre mission et je n'ai eu qu'à prévenir Oswald qui a alerté ses amis... Seule une chance incroyable vous a permis de vous en tirer et d'éliminer des hommes qui vous valaient cent fois ! C'est parce que je connaissais votre stupidité que j'ai conseillé à mes compagnons de jouer la carte sentimentale et vous, misérable idiote, vous avez marché ! Mais vous ne remettrez pas ces papiers à sir Henry : c'est moi qui les ai et personne ne me les reprendra maintenant ! Dites votre prière avant que je ne vous envoie rejoindre votre cher papa, sale Écossaise !

Imogène pouvait tout accepter sur l'Angleterre et les Anglais, mais s'il y avait deux chapitres sur lesquels elle n'admettait pas qu'on se permît la moindre allusion déplacée, c'étaient son père et l'Écosse. S'entendre traiter de sale Écossaise la galvanisa et, sans penser un instant au risque mortel qu'elle encourait, tel le taureau se ruant sur la muleta du torero, elle se jeta en avant pour l'honneur des McCarthery et la gloire de l'Écosse. Surprise, Nancy tira un peu au hasard, mais la brûlure qu'Imogène ressentit à l'épaule gauche ne pouvait arrêter son élan. De toutes ses forces, elle donna de la tête dans le ventre de miss Nankett qui, sous le choc, fut pliée en deux et expédiée à l'autre bout de la pièce. C'est à ce moment que sir Walter Scott qui, sans aucun doute, attendait l'instant propice pour intervenir dans le combat, sauta sur l'occasion. Nancy étant venue s'affaler contre le mur où, sur une étagère, son effigie en bronze souriait à l'éternité, il n'eut qu'à donner un petit coup de pouce pour que ce buste tombât juste sur le crâne de miss Nankett, qu'il assomma de ce fait fort proprement.

Son ennemie privée de sentiment, Imogène lui reprit l'enveloppe, ramassa pieusement le buste de l'écrivain et le remit sur son étagère après avoir essuyé avec dévotion la petite tache de sang qui le souillait. Mais, que devait-elle faire de Nancy ? Il lui répugnait de la livrer à la police en souvenir du passé. Or, elle ne pouvait se permettre de la laisser revenir à elle, car sa jeunesse aurait tôt fait de triompher de miss McCarthery qui, malgré sa vitalité, commençait à être au bout de son rouleau. Devait-elle téléphoner à sir Henry pour lui demander conseil ? C'est pendant qu'elle s'interrogeait ainsi qu'Imogène commença à ressentir sa blessure et qu'elle vit le sang couler le long de son bras et engluer sa main gauche. Ce spectacle lui mit le cœur au bord des lèvres. Sa vision se troubla un peu. Il lui parut que les murs de la chambre bougeaient, que le plancher remuait, que sir Walter Scott quittait à nouveau son étagère pour aller converser en face avec Robert Bruce, et que le capitaine de l'armée des Indes abandonnait le dessus de la commode pour se joindre aux deux autres. Pour ne pas tomber, elle se cramponna au bois du lit. Elle voulut se traîner jusqu'à la salle de bains lorsque, horrifiée, elle vit la porte de sa chambre s'ouvrir de nouveau silencieusement et Herbert Flootypol, son melon vissé sur la tête, ses moustaches pendant plus lamentablement que jamais, apparaître sur le seuil, revolver au poing. C'était plus que les nerfs fatigués de miss McCarthery pouvaient en supporter et, de même qu'un navire accablé par les boulets de l'ennemi coule pavillon haut, elle glissa lentement au sol, évanouie.

Lorsque miss Imogène McCarthery reprit ses sens, elle vit le visage du Dr Elscott incliné près du sien et, le rouge aux joues, elle se rendit compte qu'elle était allongée sur son lit. Le médecin sourit.

— Alors, miss, vous vous décidez à revenir parmi nous ?

Mais elle n'était pas en état de goûter l'humour du praticien. Elle tourna la tête vers l'endroit où se trouvait Nancy, mais elle constata qu'elle avait disparu. Elscott, qui suivait son regard, déclara :

— Votre amie s'en est allée.

— Allée ?

— Avec ces gentlemen que sont Archibald

McClostaugh et Samuel Tyler. Et je dois ajouter qu'ils paraissaient goûter beaucoup sa compagnie, si j'en juge par la manière dont ils la tenaient par un bras. Quant à vous, miss, il vous faut surtout du repos. Votre blessure n'est qu'une babiole, une légère égratignure que j'ai pansée et dont vous ne vous soucierez plus d'ici quelques jours. Dois-je vous envoyer quelqu'un ?

— Non, merci, docteur, cela ira très bien comme cela.

Elscott parti, Imogène se leva pour chercher son enveloppe, bien qu'elle fût sans illusion. La dernière vision qu'elle avait eue du sinistre Gallois, avant de s'évanouir, ne lui laissait aucun espoir. Miss McCarthery avait échoué dans sa mission. Dégoûtée, vaincue, elle céda et téléphona à sir Henry pour lui annoncer qu'elle renonçait et qu'elle rentrait à Londres. A sa grande surprise, Wardlaw déclara être au courant des derniers événements, félicita son interlocutrice du courage qu'elle avait déployé et l'avertit qu'il appelait sir David pour lui dire tout le bien qu'il pensait d'elle-même et, qu'au surplus, elle n'ait pas à se faire de mauvais sang car il se chargeait de cet Herbert Flootypol que ses hommes ne perdaient pas de vue. Il termina en lui souhaitant un bon voyage et en l'assurant qu'il était très heureux de l'avoir connue.

Imogène arriva à Londres dans la nuit et prit un taxi pour se faire conduite à Paulton's Street. Lorsqu'elle eut refermé la porte de son appartement, elle s'assit sur une chaise du vestibule sans se déshabiller. Elle espérait se débarrasser ainsi de cette immense fatigue qui l'écrasait. Maintenant qu'elle retrouvait le décor familier, Callander lui semblait loin, loin... Sans doute n'y retournerait-elle jamais, en dépit de la maison paternelle et du cimetière où reposaient les siens, enfin pas de longtemps car elle savait qu'il lui faudrait des années pour oublier ces hommes qu'elle avait tués et Nancy. Et dire que toutes ces misères, toutes ces morts, tous ces atroces souvenirs n'étaient même pas compensés par la réussite. L'homme à la moustache de phoque devait voler vers quelque pays étranger avec les plans du

Campbell 777 sur lui. Imogène ne croyait pas à ce que lui avait dit sir Henry Wardlaw. Sa dépression prenait de telles proportions qu'elle songea à adresser sa démission à Archtaft, tant elle redoutait de revenir au bureau où ses collègues impitoyables — et vraisemblablement averties — lui mèneraient la vie dure pour se venger de son orgueil passé. Mais, pour l'heure, il lui fallait avant tout dormir pour être demain capable de gravir son calvaire. Elle se leva de la chaise et fit la lumière pour ôter son chapeau et son manteau. C'est alors qu'elle aperçut le télégramme glissé sous la porte. Il émanait de l'Amirauté. Sir David lui demandait de le voir avant de gagner le bureau.

Le lendemain matin, Imogène dut se forcer pour absorber son porridge et ce manque d'appétit reflétait, chez elle, le signe révélateur d'un désarroi complet. Qu'allait-elle dire à sir David pour excuser son échec ? Plus que des reproches sévères, elle redoutait une commisération dont la seule idée lui mettait la tête en feu. Pitoyable, redevenue la gosse qui, après une grosse sottise, demandait pardon à son père dans l'espoir d'échapper à la fessée méritée, miss McCarthery, au moment de sortir, prit la photographie du capitaine et, d'une voix brisée :

— Pardonnez-moi, daddy, d'avoir déshonoré la famille...

Une suprême humiliation attendait miss McCarthery à l'Amirauté. Lorsqu'elle pénétra dans le bureau de sir David, elle vit son chef de service, le distingué John Masburry, assis dans un fauteuil, près du grand patron. Dave Woolish, très cordial, pria Imogène de prendre place en face de lui. Elle se jeta résolument à l'eau et sans se soucier du protocole prit la parole la première.

— Monsieur, je vous fais mes excuses... je n'ai pas réussi dans la mission que vous m'aviez confiée... Je n'ai pas pu remettre les documents à sir Henry Wardlaw... Ils m'ont été volés... je... Je démissionne de... de mon emploi... je... je suis incapable... voilà tout...

La confession s'acheva dans un sanglot qui fit ricaner John Masburry.

— Il est bien temps de vous lamenter, maintenant !... Sir David, permettez-moi de vous dire que, si vous aviez bien voulu me faire l'honneur de me demander mon avis, je vous aurais vivement déconseillé de confier les plans du B-128 à cette Ecossaise vaniteuse. Il est arrivé ce qui devait arriver ! Miss McCarthery se prend pour Marie Stuart réincarnée, sans doute ! Il est dommage que nos services fassent les frais de son orgueil stupide ! En ce qui me concerne, et si vous m'y autorisez, sir David, j'accepte très volontiers sa démission.

Imogène, tête baissée, ne réagissait pas. Qu'aurait-elle pu répliquer ? Mais des ondes de colère la parcouraient et elle avait envie d'empoigner la lourde règle d'acier qui s'étalait sous son nez, posée sur le bureau du patron, et d'en frapper le crâne de ce Masburry qui se vengeait bassement. Sir David ne répondit pas tout de suite. Il prit le temps d'allumer une cigarette, puis, tranquillement, affirma :

— Bien qu'anglais, j'ai toujours admiré les Ecossais et il me semble que les Ecossaises sont tout aussi dignes de mon admiration, surtout quand elles ont les cheveux rouges...

Surprise, Imogène releva la tête et vit que le patron lui souriait. Elle comprit qu'on ne lui en voulait pas et elle reprit espoir sans trop savoir sur quoi le fonder. Par contre, Masburry, un instant désorienté, insista.

— Voyons, sir David, après son échec...

— Mais elle n'a pas échoué, monsieur Masburry... Grâce à elle, tout un réseau d'espionnage a sauté et nous savons qui nous trahissait ici... Miss Nancy Nankett... en réalité Mary Ferthright. Permettez-moi de vous faire remarquer, monsieur Masburry, qu'il y a là de votre part une négligence des plus graves...

— Il m'était impossible de supposer que cette fille aurait l'audace...

— L'espionnage demande beaucoup d'audace, ce n'est pas à vous que je l'apprendrai, mon cher.

— Après tout, sir David, est-on sûr que Nancy soit

coupable ? Nous n'avons que les dires de miss McCarthery, qui n'en est plus à une histoire près !

Imogène bondit.

— Comment osez-vous dire une chose pareille alors qu'il a fallu que je l'assomme pour lui reprendre mes documents ?

— Que vous dites ! Si vous les lui avez repris, ces papiers, où sont-ils ?

— On me les a volés !

— Qui donc ?

— Herbert Flootypol...

Sir David intervint :

— Nous sommes au courant et nous savons qui est ce Flootypol.

— Vous allez l'arrêter ?

— C'est déjà fait, miss McCarthery.

— Et... et les documents ?

— Les voici.

Ouvrant son tiroir, sir David y prit la fameuse enveloppe et la jeta sur son bureau.

— Miss McCarthery, je vous dois des excuses...

— Ah ! à moi ?

— Oui, il n'a pas été très correct envers vous, mais il ne le pouvait pas sans risquer de tout flanquer par terre.

— Je... je ne comprends pas, sir ?

— Miss McCarthery, nous nous étions aperçus que, depuis près d'un an, il se produisait des fuites dans notre service. Au terme d'une sérieuse enquête, nous avons été convaincus que l'ennemi avait introduit l'un des siens dans les bureaux de l'Amirauté... J'ai décidé de lui tendre un piège et c'est pourquoi, au grand scandale de Mr John Masburry, ici présent, je vous ai choisie, miss, pour porter des documents soi-disant capitaux à sir Henry Wardlaw. Je savais l'impétuosité de votre caractère et je savais aussi que vous étiez tout à fait le contraire d'un agent secret. Je me doutais que, très vite, vos collègues seraient au courant et qu'alors, celui ou celle que je cherchais tenterait quelque chose pour vous prendre les documents dont vous étiez chargée. En vérité, vous ne transportiez que de faux plans dont la disparition n'aurait eu aucune importance. C'est là qu'il me faut vous prier de me pardonner, miss McCarthery ; vous avez risqué votre vie pour des papiers qui n'en valaient pas la peine.

Repensant à tout ce qu'elle avait enduré, Imogène ne put s'empêcher de dire :

— Si j'avais su !...

— Justement, miss, il ne fallait pas que vous sachiez, car ce n'étaient pas les pseudo-documents qui nous intéressaient, mais bien ceux qui essaieraient de vous les dérober. Nos services connaissaient parfaitement les personnes qui se présentèrent à vous sous les noms de Lyndsay, Ross et Cunningham. Nous les avons vus monter dans votre compartiment. Nous aurions pu les arrêter dès leur arrivée à Callander, mais, comme je vous l'ai dit, ce que nous tenions à savoir, c'était le nom de celui ou de celle qui les avait prévenus. Il était bien évident qu'il s'agissait d'un de vos familiers, donc de votre bureau. Lorsque Nancy Nankett débarqua à Callander, nous pensâmes tenir le chaînon manquant et nous en fûmes persuadés lorsqu'elle s'enfuit avec Ferthright. C'est exprès que sir Henry s'absenta. Nous ne pouvions vous laisser lui remettre votre enveloppe avant que nous n'ayons démasqué le traître. Vous avez joué le rôle d'appât, miss McCarthery, avec un sang-froid et un courage qui ont fait mon admiration et celle de sir Henry. Au nom de la Couronne, je vous en félicite et vous en remercie.

De mauvaise grâce, John Masburry joignit ses félicitations à celles de son supérieur. Ce dernier reprit :

— Du fait même que votre mission était secrète, miss, je ne puis — et vous le comprendrez — vous donner un témoignage officiel de la satisfaction de Sa Gracieuse Majesté...

Les yeux mi-clos, Imogène savourait son triomphe. Elle se demanda un instant si elle ne devait pas se lever et entonner à pleins poumons l'hymne écossais, mais elle jugea que cela ne cadrerait pas avec la discrétion dont sir David disait l'impérieuse nécessité et elle s'abstint, non sans regret.

— Cependant, miss McCarthery, je tiens absolument à ce que les remarquables qualités de décision, d'énergie et de courage dont vous avez témoigné soient récompensées. C'est la raison pour laquelle, à partir d'aujourd'hui, vous devenez chef de votre bureau, en remplacement de Mr Archtaft.

Imogène était si émue qu'elle ne réussit pas à articuler un mot. Par contre, Masburry réagit violemment.

— Sir ! vous me privez de Mr Archtaft, qui est un fonctionnaire de grand mérite et qui me paraît absolument indispensable à la bonne marche du service !

— Aussi, rassurez-vous, il y restera, car j'ai décidé de le nommer à votre place.

— A ma place ? Mais, et moi, alors ?

— Ah ! pour vous, c'est plus ennuyeux, Masburry, car je crois bien qu'il va vous falloir aller en prison.

Masburry se redressa :

— Qu'est-ce que vous dites ?

Imperturbable, sir David continuait :

— ... A moins que vous ne puissiez me donner des explications satisfaisantes sur le fait que vous ayez engagé Nancy Nankett sans enquête préalable, que vous me confiiez par quel miracle votre compte en banque s'est accru de bien curieuse façon au cours de ces quinze derniers mois et, enfin, que vous me racontiez comment vous saviez que les documents contenus dans l'enveloppe que transportait miss McCarthery ne traitaient pas du Campbell 777 comme elle le croyait et comme le croyaient tous ceux à qui elle en a parlé, mais bien du B-128, comme vous nous l'avez appris au cours de cet entretien ? Une grosse faute, Masburry, et qui, je le crains, risque de vous mener à la potence.

Imogène se demandait si elle rêvait ou non. Ainsi, John Masburry était un espion ! Ce dernier sortit un revolver de sa poche et en menaça son interlocuteur :

— D'accord, sir David, vous m'avez eu... mais vous m'excuserez, je ne tiens pas à être pendu. Si vous ne voulez pas que je tire sur ceux qui tenteraient de s'opposer à mon passage, vous feriez bien de me laisser filer sans donner l'éveil.

— Cela ne vous mènera à rien, Masburry.

— C'est mon affaire ! Donnez-moi votre parole que vous n'alerterez personne avant dix minutes ?

Woolish haussa les épaules.

— Nous vous rattraperons avant que vous ayez quitté Londres... Vous avez ma parole.

Imogène fut indignée de cette soumission inattendue du patron. A sa place, elle aurait préféré risquer de se faire tuer plutôt que de laisser cette canaille de Masburry se sauver. L'espion, tout en fixant sir David sur lequel il dirigeait toujours son arme, voulut reculer rapidement vers la porte, mais miss McCarthery, qu'il commit l'erreur de négliger, tendit brusquement la jambe, il s'y prit les pieds et s'affala sur le derrière. Imogène ne lui laissa pas le temps de se reprendre car, empoignant la lourde règle d'acier posée sur le bureau de Woolish, elle s'offrit le luxe de lui en flanquer un grand coup sur le crâne. Incontinent, Masburry se désintéressa de tout ce qui pouvait se passer autour de lui. Sir David riait aux larmes.

— Miss McCarthery, vous êtes magnifique !

— Je ne voulais pas qu'il puisse s'échapper !

— Rassurez-vous, il n'avait aucune chance. Regardez derrière vous.

Imogène se retourna et faillit pousser un hurlement d'angoisse en voyant Herbert Flootypol sur le seuil, revolver au poing. Le doigt tendu, elle cria :

— Le... le... Gallois ! Arrêtez-le ! au secours !

Sir David se leva et se mettant entre l'Ecossaise et Flootypol :

— Miss McCarthery, permettez-moi de vous présenter l'inspecteur-chef Douglas Skinner, de Scotland Yard, qui avait mission de veiller sur vous pendant votre voyage en Ecosse.

Le policier salua Imogène.

— Comment allez-vous, miss McCarthery ?

Elle ne savait plus du tout comment elle allait, miss McCarthery, abasourdie par la rapidité des événements. D'un air détaché, sir David ajoutait :

— Nous avons choisi l'inspecteur-chef Skinner car c'est un policier de tout premier ordre et aussi... parce qu'il est écossais...

Souriant, Skinner précisa :
— De Dornoch, dans les Highlands...

Lorsque miss McCarthery pénétra dans son bureau, toutes ses collègues se levèrent et l'accueillirent en chantant en chœur : *For she's a jolly good fellow !* Imogène éclata en sanglots. Janice Lewis vint l'embrasser et Archtaft la félicita au nom de tous. Souriant à travers ses larmes, miss McCarthery cria, feignant la colère :
— Et n'essayez pas de m'attendrir, les unes et les autres ! Vous allez voir la différence qu'il y a entre un Gallois et une Ecossaise et comment je sais faire travailler les Anglaises.
Simulant la terreur, Janice supplia :
— Ne vous fâchez pas, Imogène !
Ce jour-là, on n'abattit pas beaucoup de besogne dans le bureau de miss McCarthery.

Au soir de cette journée mémorable qui avait vu son triomphe, et la confusion de ses ennemis, Imogène rentra chez elle un peu ivre de gloire. Avant même de se déshabiller, elle se précipita vers la photographie de son père.
— Daddy, j'espère que vous êtes fière de votre fille ?
Puis elle jeta un coup d'œil complice à Robert Bruce avec qui, désormais, elle se sentait sur un pied d'égalité. Pendant qu'elle passait sa robe d'intérieur, elle mit sur son gramophone son disque des bagpipers des Scotch Guards, seule musique qui, pour l'heure, correspondait à son état d'âme. Le son aigre des cornemuses était si puissant que miss McCarthery mit un certain temps à entendre qu'on frappait à sa porte. Elle alla ouvrir et aperçut Douglas Skinner sur le seuil, son melon à la main, et qui paraissait fort gêné. Imogène ne pouvait oublier qu'elle l'avait considéré comme un ennemi pendant les jours difficiles qu'elle venait de vivre. Son accueil refléta sa disposition d'esprit.
— Mr Skinner ?
Devant la froideur de cette réception, il sembla très malheureux.

— Puis-je entrer, s'il vous plaît, si je ne vous dérange pas ?

A moins de se montrer grossière, miss Mc-Carthery devait s'incliner.

— Je vous en prie...

Elle le précéda dans son studio.

— Si vous voulez bien vous asseoir...

Il prit place dans un fauteuil.

— Miss McCarthery, je suis venu vous présenter mes excuses pour n'avoir pas révélé mon identité, mais j'avais des ordres formels et vous comprendrez qu'il ne m'appartenait pas de les transgresser.

— Naturellement.

— Je tenais aussi à vous dire combien je vous ai admirée pendant les épreuves que vous avez subies.

Imogène se dégela.

— N'exagérons rien, Mr Skinner...

— Si, si ! par mon métier, j'ai été à même de voir agir toutes sortes de gens, mais jamais je n'ai rencontré une femme qui ait eu votre qualité, miss McCarthery... Si vous me permettez cette réflexion, je dirai que seule une fille née dans les Highlands pouvait se montrer telle que vous vous êtes révélée !

Imogène reconnaissait que ce garçon était beaucoup mieux qu'il ne paraissait au premier abord. Il y avait une douceur enfantine dans ses yeux bleus... Quant à ses moustaches, quelqu'un qu'il écouterait... à qui il tiendrait à plaire, n'aurait sans doute aucun mal à les lui faire couper...

— Prendrez-vous une tasse de thé, monsieur Skinner ?

Cette proposition sembla transporter l'inspecteur-chef au septième ciel et miss McCarthery pensa qu'il était bien facile à contenter. Tout en buvant leur thé et en mangeant des gâteaux secs, ils revécurent les heures tragiques de Callander et Douglas expliqua à Imogène comment il ne la quittait pour ainsi dire pas de l'œil et se trouvait toujours en mesure d'intervenir au moment opportun. Il lui confia son chagrin quand elle s'était figurée qu'il l'avait assommée alors qu'il s'agissait de Ross, après la disparition d'Andrew Lyndsay dans le loch ; son ennui lorsque

Allan lui avait cherché querelle au *Fier Highlander*, mais aussi la joie ressentie à s'empoigner avec lui...

— La joie, Mr Skinner ?

— Oui, la joie, parce que je me figurais que vous l'aimiez !

Il y eut un silence subit, Imogène réalisant la signification de cet aveu spontané et Douglas comprenant qu'il venait de se trahir. Miss McCarthery tenta de se réfugier dans le badinage.

— A... à vous entendre... Mr Skinner, on... on pourrait s'imaginer que... que vous étiez... jaloux ?

— J'étais jaloux, miss !

Imogène dut boire une gorgée de thé pour se donner le temps de se remettre. Pendant près de cinquante ans, les hommes ne lui avaient guère prêté attention et voilà qu'en son automne on ne cessait de lui parler d'amour ! Il est vrai que l'amour des trois autres n'était que ruse et mensonge, peut-être celui-là... ?

— Miss McCarthery, si vous ne me trouvez pas trop osé, je vous confierai qu'attaché plus spécialement au bureau de sir David, je vous ai remarquée depuis longtemps... J'aurais bien voulu devenir votre ami... mais je n'osais pas vous aborder ni demander qu'on me présentât à vous... C'est à cause de cette timidité que je me suis permis un geste qui me pèse sur la conscience et dont je souhaite obtenir le pardon...

Intriguée, Imogène demanda :

— Un geste ?... à mon égard ?

— Oui... Ce billet que j'ai glissé dans votre sac pendant que vous dormiez...

— Quoi ?... C'était vous ?

— C'était moi...

Imogène ne savait plus si elle avait envie de rire ou de pleurer en pensant à la terreur que lui inspirait le faux Herbert Flootypol, son amoureux...

— Vous... vous m'en voulez ?

— Mais non, pas du tout, au contraire... Je suis très flattée à mon âge de recevoir d'aussi charmants messages... J'ai bientôt cinquante ans, Douglas...

L'inspecteur-chef rougit et miss McCarthery fut attendrie.

— J'en aurai cinquante-trois le mois prochain, Imogène...

Il se fit encore un silence où leur commune destinée se décida.

— Imogène... avez-vous jamais pensé à vous marier ?

Elle n'osa pas lui répondre qu'elle y avait souvent pensé, mais que c'étaient les autres qui n'y pensaient pas.

— Je n'ai jamais rencontré le compagnon en qui je pourrais avoir confiance...

— Est-ce que vous croyez que... que vous pourriez avoir confiance en moi ?

Elle ne répondit pas tout de suite, heureuse de son anxiété, puis, gravement, elle lui tendit la main.

— Oui, je le crois, Douglas...

Deux heures plus tard, ils avaient tout arrangé entre eux et n'ignoraient plus rien de leurs situations respectives. On convint qu'on se marierait à Callander durant les vacances d'Imogène, histoire d'embêter Mrs McGrew, l'épicière, et qu'on inviterait Archibald McClostaugh, Samuel Tyler, Ted Boolitt et sa femme à la noce.

Miss McCarthery déclara que, ne pouvant se mettre en blanc le jour de son mariage — bien qu'elle en eût le droit, précisa-t-elle en baissant pudiquement les yeux —, elle porterait une robe aux couleurs de son clan, allié de celui de McGregor. Douglas l'approuva hautement, affirmant que lui-même mettrait une cravate aux couleurs de son propre clan, apparenté aux McLeod. Imogène se dressa d'un jet.

— Qu'est-ce que vous avez dit ?

Ne comprenant rien à cette subite colère, Skinner perdit pied.

— Mais... seulement que je prendrai une cravate aux... aux...

— Aux couleurs des McLeod ! Jamais, vous entendez, jamais une descendante des McGregor ne s'alliera au clan des McLeod. Vous pouvez retourner à Scotland Yard et me laisser en paix !

— Voyons, Imogène, vous n'allez pas détruire notre bonheur pour d'aussi vieilles histoires ? Il faut bien que ces rivalités d'autrefois se terminent un jour ! En quoi sommes-nous responsables, vous et moi, de ces querelles qui datent de plusieurs siècles ?

Au fond de son cœur, miss McCarthery savait bien qu'il avait raison, mais elle n'aimait pas se déjuger.

— Je vous en prie, ne vous fâchez pas, Imogène !

Elle sourit, contente de cette issue qu'il ménageait à son orgueil et, se rasseyant, elle dit tendrement :

— Je vous promets de ne plus jamais me fâcher, Douglas...

Elle mentait.

Achevé d'imprimer en avril 2010, en France sur Presse Offset par
Maury-Imprimeur - 45330 Malesherbes
N° d'imprimeur : 154972
Édition 03 – Dépôt légal : avril 2010